Tucholsky Wagner Zola Scott Sydow Freud Schlegel
Turgenev Fonatne Wallace Twain Walther von der Vogelweide Fouqué Friedrich II. von Preußen
Weber Freiligrath Frey
Fechner Fichte Weiße Rose von Fallersleben Kant Ernst Frommel
Richthofen
Engels Fielding Hölderlin Dumas
Fehrs Faber Flaubert Eichendorff Tacitus
Maximilian I. von Habsburg Fock Eliasberg Zweig Ebner Eschenbach
Feuerbach Ewald Eliot Vergil
Goethe Elisabeth von Österreich London
Mendelssohn Balzac Shakespeare Dostojewski Ganghofer
Trackl Lichtenberg Rathenau Doyle Gjellerup
Mommsen Stevenson Tolstoi Hambruch
Thoma Lenz Droste-Hülshoff
Dach Verne von Arnim Hägele Hanrieder
Reuter Hauff Humboldt
Karrillon Rousseau Hagen Hauptmann Gautier
Garschin Defoe Baudelaire
Damaschke Descartes Hebbel
Hegel Kussmaul Herder
Wolfram von Eschenbach Darwin Dickens Schopenhauer Rilke George
Bronner Melville Grimm Jerome Bebel
Campe Horváth Aristoteles Proust
Bismarck Vigny Barlach Voltaire Federer Herodot
Gengenbach Heine
Storm Casanova Tersteegen Grillparzer Georgy
Chamberlain Lessing Langbein Gilm Gryphius
Brentano Lafontaine
Strachwitz Claudius Schiller Kralik Iffland Sokrates
Bellamy Schilling
Katharina II. von Rußland Gerstäcker Raabe Gibbon Tschechow
Löns Hesse Hoffmann Gogol Wilde Gleim Vulpius
Luther Heym Hofmannsthal Klee Hölty Morgenstern
Roth Heyse Klopstock Goedicke
Luxemburg Puschkin Homer Kleist
La Roche Horaz Mörike Musil
Machiavelli Kierkegaard Kraft Kraus
Navarra Aurel Musset
Nestroy Marie de France Lamprecht Kind Kirchhoff Hugo Moltke
Laotse Ipsen Liebknecht
Nietzsche Nansen Ringelnatz
Marx Lassalle Gorki Klett Leibniz
von Ossietzky May vom Stein Lawrence Irving
Petalozzi Knigge
Platon Pückler Michelangelo Kock Kafka
Sachs Poe Liebermann Korolenko
de Sade Praetorius Mistral Zetkin

Der Doktor Faust

Heinrich Heine

Impressum

Autor: Heinrich Heine
Umschlagkonzept: toepferschumann, Berlin

Verlag: tradition GmbH, Hamburg
ISBN: 978-3-8472-5167-5
Printed in Germany

Heinrich Heine

Der Doktor Faust

*Ein
Tanzpoem,
nebst
kuriosen Berichten über Teufel, Hexen
und Dichtkunst*

Einleitende Bemerkung

Herr Lumley, Direktor des Theaters Ihrer Majestät der Königin zu London, forderte mich auf, für seine Bühne ein Ballett zu schreiben, und diesem Wunsche willfahrend dichtete ich das nachfolgende Poem. Ich nannte es: Doktor Faust, ein Tanzpoem. Doch dieses Tanzpoem ist nicht zur Aufführung gekommen, teils weil in der Saison, für welche dasselbe angekündigt war, der beispiellose Sukzeß der sogenannten schwedischen Nachtigall jede andere Exhibition im Theater der Königin überflüssig machte, teils auch weil der Ballettmeister aus Esprit de Corps de Ballet, hemmend und säumend, alle möglichen Böswilligkeiten ausübte. Dieser Ballettmeister hielt es nämlich für eine gefährliche Neuerung, daß einmal ein Dichter das Libretto eines Balletts gedichtet hatte, während doch solche Produkte bisher immer nur von Tanzaffen seiner Art, in Kollaboration mit irgendeiner dürftigen Literatenseele, geliefert worden. Armer Faust! armer Hexenmeister! so mußtest du auf die Ehre verzichten, vor der großen Victoria von England deine Schwarzkünste zu produzieren! Wird es dir in deiner Heimat besser gehn? Sollte gegen mein Erwarten irgendeine deutsche Bühne ihren guten Geschmack dadurch bekunden, daß sie mein Opus zur Aufführung brächte, so bitte ich die hochlöbliche Direktion bei dieser Gelegenheit auch nicht zu versäumen, das dem Autor gebührende Honorar, durch Vermittlung der Buchhandlung von Hoffmann und Campe zu Hamburg, mir oder meinen Rechtsnachfolgern zukommen zu lassen. Ich halte es nicht für überflüssig zu bemerken, daß ich, um das Eigentumsrecht meines Balletts in Frankreich zu sichern, bereits eine französische Übersetzung drucken ließ und die gesetzlich vorgeschriebene Anzahl Exemplare an gehörigem Orte deponiert habe.

Als ich das Vergnügen hatte, dem Herrn Lumley mein Ballettmanuskript einzuhändigen und wir, bei einer duftigen Tasse Tee, uns über den Geist der Faustsage und meine Behandlung derselben unterhielten, ersuchte mich der geistreiche Impresario, das Wesentliche unseres Gespräches aufzuzeichnen, damit er späterhin das Libretto damit bereichern könne, welches er am Abend der Aufführung seinem Publikum zu übergeben gedachte. Auch solchem freundlichen Begehr nachkommend, schrieb ich den Brief an Lumley, den ich abgekürzt am Ende dieses Büchleins mitteile, da vielleicht auch dem deutschen Leser diese flüchtigen Blätter einiges Interesse gewähren dürften.

Wie über den historischen Faust habe ich in dem Briefe an Lumley auch über den mythischen Faust nur dürftige Andeutungen gegeben. Ich kann nicht umhin, in bezug auf die Entstehung und Entwickelung dieses Faustes der Sage, der Faustfabel, hier das Resultat meiner Forschungen mit wenigen Worten zu resümieren.

Es ist nicht eigentlich die Legende vom Theophilus, Seneschall des Bischofs von Adama in Sizilien, sondern eine alte anglosächsische, dramatische Behandlung derselben, welche als die Grundlage der Faustfabel zu betrachten ist. In dem noch vorhandenen plattdeutschen Gedichte vom Theophilus sind altsächsische oder anglosächsische Archäismen, gleichsam Wortversteinerungen, fossile Redensarten enthalten, welche darauf hinweisen, daß dieses Gedicht nur eine Nachbildung eines älteren Originals ist, das im Laufe der Zeit verlorengegangen. Kurz nach der Invasion Englands durch die französischen Normannen muß jenes anglosächsische Gedicht noch existiert haben, denn augenscheinlich ward dasselbe von einem französischen Poeten, dem Troubadour Ruteboeuf, fast wörtlich nachgeahmt und als ein Mystère in Frankreich aufs Theater gebracht. Für diejenigen, denen die Sammlung von Mommerque, worin auch dieses Mystère abgedruckt, nicht zugänglich ist, bemerke ich, daß der gelehrte Magnin vor etwa sieben Jahren im »Journal des savants« über das erwähnte Mystère hinlänglich Auskunft gibt. Dieses Mysterium vom Troubadour Ruteboeuf benutzte nun der englische Dichter Marlowe, als er seinen Faust schrieb, indem er die analoge Sage vom deutschen Zauberer Faust nach dem älteren Faustbuche, wovon es bereits eine englische Übersetzung gab, in die dramatische Form kleidete, die ihm das französische auch in England bekannte Mysterium bot. Das Mysterium des Theophilus und das ältere Volksbuch vom Faust sind also die beiden Faktoren, aus welchen das Marlowesche Drama hervorgegangen. Der Held desselben ist nicht mehr ein ruchloser Rebell gegen den Himmel, der verführt von einem Zauberer und um irdische Güter zu gewinnen, seine Seele dem Teufel verschreibt, aber endlich durch die Gnade der Mutter Gottes, die den Pakt aus der Hölle zurückholt, gerettet wird, gleich dem Theophilus: sondern der Held des Stücks ist hier selbst ein Zauberer, in ihm, wie im Nekromanten des Faustbuchs, resümieren sich die Sagen von allen früheren Schwarzkünstlern, deren Künste er vor den höchsten Herrschaften produziert, und zwar geschieht solches auf protestantischem Boden, den die rettende Mutter Gottes nicht betreten darf, weshalb auch der Teufel den Zauberer holt ohne Gnade und Barmherzigkeit. Die Puppenspieltheater, die zur Shakespeareschen Zeit in London florierten und sich eines jeden Stückes, das auf den großen Bühnen Glück machte, gleich bemächtigten, haben gewiß auch nach dem Marloweschen Vorbilde einen Faust zu geben gewußt, indem sie das Originaldrama mehr oder minder ernsthaft parodierten, oder ihren Lokalbedürfnissen gemäß zustutzten, oder auch, wie oft geschah, von dem Verfasser selbst für den Standpunkt ihres Publikums umarbeiten ließen. Es ist nun jener Puppenspiel-Faust, der von England herüber nach dem Festland kam, durch die Niederlande reisend auch die Marktbuden unserer Heimat besuchte, und in derb deutscher Maulart übersetzt und mit deutschen Hanswurstiaden verballhornt, die unteren Schichten des deutschen Volkes ergötzte. Wie verschieden auch die Versionen, die sich im Laufe der Zeit, besonders durch das Improvisieren, gebildet, so blieb doch das Wesentliche unverändert, und einem solchen Puppenspiele, das Wolfgang Goethe in einem Winkeltheater zu Straßburg aufführen sah, hat unser großer Dichter die Form und den Stoff seines Meisterwerks entlehnt. In der ersten Fragmentausgabe des Goetheschen Faustes ist dieses am sichtbarsten; diese entbehrt noch die der Sakontola entnommene

Einleitung und einen dem Hiob nachgebildeten Prolog, sie weicht noch nicht ab von der schlichten Puppenspielform, und es ist kein wesentliches Motiv darin enthalten, welches auf eine Kenntnis der älteren Originalbücher von Spieß und Widman schließen läßt.

Das ist die Genesis der Faustfabel, von dem Theophilus-Gedichte bis auf Goethe, der sie zu ihrer jetzigen Popularität erhoben hat. – Abraham zeugte den Isaak, Isaak zeugte den Jakob, Jakob aber zeugte den Juda, in dessen Händen das Szepter ewig bleiben wird. In der Literatur wie im Leben hat jeder Sohn einen Vater, den er aber freilich nicht immer kennt, oder den er gar verleugnen möchte.

Geschrieben zu Paris, den 1. Oktober 1851.

Der Doktor Faust

Ein Tanzpoem

> Du hast mich beschworen aus dem Grab
> Durch deinen Zauberwillen,
> Belebtest mich mit Wollustglut –
> Jetzt kannst du die Glut nicht stillen.

> Du hast mich beschworen aus dem Grab
> Der Menschen Odem ist göttlich!
> Ich trinke deine Seele aus,
> Die Toten sind unersättlich.

Erster Akt

Studierzimmer, groß, gewölbt, in gotischem Stil. Spärliche Beleuchtung. An den Wänden Bücherschränke, astrologische und alchimistische Gerätschaften (Welt- und Himmelskugel, Planetenbilder, Retorten und seltsame Gläser), anatomische Präparate (Skelette von Menschen und Tieren) und sonstige Requisiten der Nekromantie.

Es schlägt Mitternacht. Neben einem mit aufgestapelten Büchern und physikalischen Instrumenten bedeckten Tische, in einem hohen Lehnstuhl, sitzt nachdenklich der Doktor Faust. Seine Kleidung ist die altdeutsche Gelehrtentracht des sechzehnten Jahrhunderts. Er erhebt sich endlich und schwankt mit unsichern Schritten einem Bücherschranke zu, wo ein großer Foliant mit einer Kette angeschlossen; er öffnet das Schloß und schleppt das entfesselte Buch (den sogenannten Höllenzwang) nach seinem Tische. In seiner Haltung und seinem ganzen Wesen beurkundet sich eine Mischung von Unbeholfenheit und Mut, von linkischer Magisterhaftigkeit und trotzigem Doktorstolz. Nachdem er einige Lichter angezündet und mit einem Schwerte verschiedene magische Kreise auf dem Boden gezeichnet, öffnet er das große Buch, und in seinen Gebärden offenbaren sich die geheimen Schauer der Beschwörung. Das Gemach verdunkelt sich; es blitzt und donnert; aus dem Boden, der sich prasselnd öffnet, steigt empor ein flammend roter Tiger. Faust zeigt sich bei diesem Anblick nicht im mindesten erschreckt, er tritt der feurigen Bestie mit Verhöhnung entgegen und scheint ihr zu befehlen sogleich zu entweichen. Sie versinkt auch alsbald in die Erde. Faust beginnt aufs neue seine Beschwörungen, wieder blitzt und donnert es entsetzlich und aus dem sich öffnenden Boden schießt empor eine ungeheure Schlange, die in den bedrohlichsten Wendungen sich ringelnd, Feuer und Flammen zischt. Auch ihr begegnet der Doktor mit Verachtung, er zuckt die Achsel, er lacht, er spottet darüber, daß der Höllengeist nicht in einer weit gefährlichem Gestalt zu erscheinen vermochte, und auch die Schlange kriecht in die Erde zurück. Faust erhebt sogleich mit gesteigertem Eifer seine Beschwörungen, aber diesmal schwindet plötzlich die Dunkelheit, das Zimmer erhellt sich mit unzähligen Lichtern, statt des Donnerwetters ertönt die lieblichste Tanzmusik, und aus dem geöffneten Boden, wie aus einem Blumenkorb, steigt hervor eine Ballettänzerin, gekleidet im gewöhnlichen Gaze- und Trikotkostüme und umhergaukelnd in den banalsten Pirouetten.

Faust ist anfänglich darob befremdet, daß der beschworene Teufel Mephistopheles keine unheilvollere Gestalt annehmen konnte als die einer Ballettänzerin, doch zuletzt gefällt ihm diese lächelnd anmutige Erscheinung und er macht ihr ein gravitätisches Kompliment. Mephistopheles oder vielmehr Mephistophela, wie wir nunmehr die in die Weiblichkeit übergegangene Teufelei zu nennen haben, erwidert parodierend das Kompliment des Doktors und umtänzelt ihn in der bekannten koketten Weise. Sie hält einen Zauberstab in der Hand und alles, was sie im Zimmer damit berührt, wird aufs ergötzlichste umgewandelt, doch dergestalt, daß die ursprüngliche Formation der Gegenstände nicht ganz vertilgt wird, z. B. die dunkeln Planetenbilder erleuchten sich buntfarbig von innen, aus den Pokalen mit Mißgeburten blicken die schönsten Vögel hervor, die Eulen tragen Girandolen im Schnabel, prachtvoll sprießen an den Wänden hervor die kostbarsten güldenen Geräte, venezianische Spiegel, antike Basreliefs, Kunstwerke, alles chaotisch gespenstisch und dennoch glänzend schön: eine ungeheuerliche Arabeske. Die Schöne scheint mit Faust ein Freundschaftsbündnis zu schließen, doch das Pergament, das sie ihm vorhält, die furchtbare Verschreibung, will er noch nicht unterzeichnen. Er verlangt von ihr die übrigen höllischen Mächte zu sehen, und diese, die Fürsten der Finsternis, treten alsbald aus dem Boden hervor. Es sind Ungetüme mit Tierfratzen, fabelhafte Mischlinge des Skurrilen und Furchtbaren, die meisten mit Kronen auf den Köpfen und Szeptern in den Tatzen. Faust wird denselben von der Mephistophela vorgestellt, eine Präsentation, wobei die strengste Hofetikette vorwaltet. Zeremoniös einherwackelnd, beginnen die unterweltlichen Majestäten ihren plumpen Reigen, doch indem Mephistophela sie mit dem Zauberstabe berührt, fallen die häßlichen Hüllen plötzlich von ihnen, und sie verwandeln sich ebenfalls in lauter zierliche Ballettänzerinnen, die in Gaze und Trikot und mit Blumengirlanden dahinflattern. Faust ergötzt sich an dieser Metamorphose, doch scheint er unter allen jenen hübschen Teufelinnen keine zu finden, die seinen Geschmack gänzlich befriedige; dieses bemerkend, schwingt Mephistophela wieder ihren Stab, und in einem schon vorher an die Wand hingezauberten Spiegel erscheint das Bildnis eines wunderschönen Weibes in Hoftracht und mit einer Herzogskrone auf dem Haupte. Sobald Faust sie erblickt, ist er wie hingerissen von Bewunderung und Entzücken, und er naht dem holden Bildnis mit allen Zeichen der Sehnsucht und Zärtlichkeit. Doch das Weib im Spiegel, welches sich jetzt wie lebend bewegt, wehrt ihn von sich ab mit hochmütigstem Naserümpfen; er kniet flehend vor ihr nieder und sie wiederholt nur noch beleidigender ihre Gesten der Verachtung.

Der arme Doktor wendet sich hierauf mit bittenden Blicken an Mephistophela, doch diese erwidert sie mit schalkhaftem Achselzucken und sie bewegt ihren Zauberstab. Aus dem Boden taucht sogleich bis zur Hüfte ein häßlicher Affe hervor, der aber auf ein Zeichen der Mephistophela, die ärgerlich den Kopf schüttelt, schleunigst wieder hinabsinkt in den Boden, woraus im nächsten Augenblicke ein schöner, schlanker Ballettänzer hervorspringt, welcher die banalsten Pas exekutiert. Der Tänzer naht sich dem Spiegelbilde, und indem er demselben mit der fadesten Süffisance seine buhlerischen Huldigungen darbringt, lächelt ihm das schöne Weib aufs holdseligste entgegen, sie streckt die Arme nach ihm aus mit schmachtender Sehnsucht und erschöpft sich in den zärtlichsten Demonstrationen. Bei diesem Anblick gerät Faust in rasende Verzweiflung, doch Mephistophela erbarmt sich seiner und mit ihrem Zauberstab berührt sie den glücklichen Tänzer, der auf der Stelle in die Erde zurücksinkt, nachdem er sich zuvor in einen Affen verwandelt und seine abgestreifte Tänzerkleidung auf dem Boden zurückgelassen hat. Jetzt reicht Mephistophela wieder das Pergamentblatt dem Faust dar, und dieser, ohne langes Besinnen, öffnet sich eine Ader am Arme, und mit seinem Blute unterzeichnet er den Kontrakt, wodurch er, für zeitliche irdische Genüsse, seiner himmlischen Seligkeit entsagt. Er wirft die ernste ehrsame Doktortracht von sich und zieht den sündig bunten Flitterstaat an, den der verschwundene Tänzer am Boden zurückgelassen; bei dieser Umkleidung, die sehr ungeschickt vonstatten geht, hilft ihm das leichtfertige Corps de Ballet der Hölle.

Mephistophela gibt dem Faust jetzt Tanzunterricht, und zeigt ihm alle Kunststücke und Handgriffe, oder vielmehr Fußgriffe des Metiers. Die Unbeholfenheit und Steifheit des Gelehrten, der die zierlich leichten Pas nachahmen will, bilden die ergötzlichsten Effekte und Kontraste. Die teuflischen Tänzerinnen wollen auch hier nachhelfen, jede sucht auf eigene Weise die Lehre durch Beispiel zu erklären, eine wirft den armen Doktor in die Arme der andern, die mit ihm herumwirbelt; er wird hin und her gezerrt, doch durch die Macht der Liebe und des Zauberstabs, der die unfolgsamen Glieder allmählich gelenkig schlägt, erreicht der Lehrling der Choregraphie zuletzt die höchste Fertigkeit: er tanzt ein brillantes Pas-de-deux mit Mephistophela, und zur Freude seiner Kunstgenossinnen fliegt er auch mit ihnen umher in den wunderlichsten Figuren. Nachdem er es zu dieser Virtuosität gebracht, wagt er als Tänzer auch vor dem schönen Frauenbilde des Zauberspiegels zu erscheinen, und dieses beantwortet seine tanzende Leidenschaft mit den Gebärden der glühendsten Gegenliebe. Faust tanzt mit immer sich steigernder Seelentrunkenheit; Mephistophela aber reißt ihn fort von dem Spiegelbilde, das durch die Berührung des Zauberstabes wieder verschwindet, und fortgesetzt wird der höhere Tanzunterricht der altklassischen Schule.

Zweiter Akt

Großer Platz vor einem Schlosse, welches zur rechten Seite sichtbar. Auf der Rampe, umgeben von ihrem Hofgesinde, Rittern und Damen, sitzen in hohen Thronsesseln der Herzog und die Herzogin, ersterer ein steifältlicher Herr, letztere ein junges üppiges Weib, ganz das Konterfei des Frauenbilds, welches der Zauberspiegel des ersten Akts dargestellt hat. Bemerklich ist, daß sie am linken Fuße einen güldenen Schuh trägt.

Die Szene ist prachtvoll geschmückt zu einem Hoffeste. Es wird ein Schäferspiel aufgeführt, im ältesten Rokokogeschmacke: graziöse Fadheit und galante Unschuld. Diese süßlich gezierte Arkadientänzelei wird plötzlich unterbrochen und verscheucht durch die Ankunft des Faust und der Mephistophela, die in ihrem Tanzkostüm und mit ihrem Gefolge von dämonischen Ballettänzerinnen, unter jauchzenden Fanfaren, ihren Siegeseinzug halten. Faust und Mephistophela machen ihre springenden Reverenzen vor dem Fürstenpaar, doch ersterer und die Herzogin, indem sie sich näher betrachten, sind betroffen wie von freudigster Erinnerung: sie erkennen sich und wechseln zärtliche Blicke. Der Herzog scheint mit besonders gnädigem Wohlwollen die Huldigung Mephistophelas entgegenzunehmen. In einem ungestümen Pas-de-deux, welches letztere jetzt mit Faust tanzt, haben beide fürnehmlich das Fürstenpaar im Auge, und während die teuflischen Tänzerinnen sie ablösen, kost Mephistophela mit dem Herzog und Faust mit der Herzogin; die überschwengliche Passion der beiden Letztern wird gleichsam parodiert, indem Mephistophela den eckigen und steifleinenen Graziösitäten des Herzogs eine ironische Zimperlichkeit entgegensetzt.

Der Herzog wendet sich endlich gegen Faust und verlangt, als eine Probe seiner Schwarzkunst, den verstorbenen König David zu sehen, wie er vor der Bundeslade tanzte. Auf solches allerhöchste Verlangen nimmt Faust den Zauberstab aus den Händen Mephistophelas, schwingt ihn in beschwörender Weise, und aus der Erde, welche sich öffnet, tritt die begehrte Gruppe hervor: Auf einem Wagen, der von Leviten gezogen wird, steht die Bundeslade, vor ihr tanzt König David, possenhaft vergnügt und abenteuerlich geputzt, gleich einem Kartenkönig, und hinter der heiligen Lade, mit Spießen in den Händen, hüpfen schaukelnd einher die königlichen Leibgarden, gekleidet wie polnische Juden in lang herabschlotternd schwarzseidenen Kaftans und mit hohen Pelzmützen auf den spitzbärtigen Wackelköpfen. Nachdem diese Karikaturen ihren Umzug gehalten, verschwinden sie wieder in den Boden unter rauschenden Beifallsbezeugungen.

Aufs neue springen Faust und Mephistophela hervor zu einem glänzenden Pas-de-deux, wo der eine wieder die Herzogin und die andere wieder den Herzog mit verliebten Gebärden anlockt, so daß das erlauchte Fürstenpaar endlich nicht mehr widersteht und seinen Sitz verlassend, sich den Tänzen jener beiden anschließt. Dramatische Quadrille, wo Faust die Herzogin noch inniger zu bestricken sucht. Er hat ein Teufelsmal an ihrem Halse bemerkt, und indem er dadurch entdeckt, daß sie eine Zauberin sei, gibt er ihr ein Rendezvous für den nächsten Hexensabbat. Sie ist erschrocken und will leugnen, doch Faust zeigt hin auf ihren güldenen Schuh, welcher das Wahrzeichen ist, woran man die Domina, die fürnehmste Satansbraut, erkennt. Verschämt gestattet sie das Rendezvous. Parodistisch gebärden sich wieder gleichzeitig der Herzog und Mephistophela, und die dämonischen Tänzerinnen setzen den Tanz fort, nachdem die vier Hauptpersonen sich in Zwiegesprächen zurückgezogen.

Auf ein erneutes Begehr des Herzogs, ihm eine Probe seiner Zauberkunst zu geben, ergreift Faust den magischen Stab und berührt damit die eben dahinwirbelnden Tänzerinnen. Diese verwandeln sich im Nu wieder in Ungetüme, wie wir sie im ersten Akte gesehen, und aus dem graziösesten Ringelreihen in die täppischste und barockste Ronde überplumpsend, versinken sie zuletzt unter sprühenden Flammen in den sich öffnenden Boden. – Rauschend enthusiastischer Beifall, und Faust und Mephistophela verbeugen sich dankbar vor den hohen Herrschaften und einem verehrungswürdigen Publiko.

Aber nach jedem Zauberstück steigert sich die tolle Lust; die vier Hauptpersonen stürzen rücksichtslos wieder auf den Tanzplatz, und in der Quadrille, die sich erneuet, gebärdet sich die Leidenschaft immer dreister: Faust kniet nieder vor der Herzogin, die in nicht minder kompromittierenden Pantomimen ihre Gegenliebe kundgibt: vor der schäkernd hingerissenen Mephistophela kniet, wie ein lüsterner Faun, der alte Herzog; – doch indem er sich zufällig umwendet und seine Gattin nebst Faust in den erwähnten Posituren erblickt, springt er wütend empor, zieht sein Schwert und will den frechen Schwarzkünstler erstechen. Dieser ergreift rasch seinen Zauberstab, berührt damit den Herzog und auf dem Haupte desselben schießt ein ungeheures Hirschgeweih empor, an dessen Enden ihn die Herzogin zurückhält. Allgemeine Bestürzung der Höflinge, die ihre Schwerter ergreifen und auf Faust und Mephistophela eindringen. Faust aber bewegt wieder seinen Stab, und im Hintergrunde der Szene erklingen plötzlich kriegerische Trompetenstöße, und man erblickt in Reih und Glied eine ganze Schar von Kopf bis zu Füßen geharnischter Ritter. Indem die Höflinge sich gegen diese zu ihrer Verteidigung umwenden, fliegen Faust und Mephistophela durch die Luft davon, auf zwei schwarzen Rossen, die aus dem Boden hervorgekommen. Im selben Augenblick zerrinnt, wie eine Phantasmagorie, auch die bewaffnete Ritterschar.

Dritter Akt

Nächtlicher Schauplatz des Hexensabbats: Eine breite Bergkoppe; zu beiden Seiten Bäume, an deren Zweigen seltsame Lampen hängen, welche die Szene erleuchten; in der Mitte ein steinernes Postament, wie ein Altar, und darauf steht ein großer schwarzer Bock mit einem schwarzen Menschenantlitz und einer brennenden Kerze zwischen den Hörnern. Im Hintergrunde Gebirgshöhen, die einander überragend, gleichsam ein Amphitheater bilden, auf dessen kolossalen Stufen als Zuschauer die Notabilitäten der Unterwelt sitzen, nämlich jene Höllenfürsten, die wir in den vorigen Akten gesehen und die hier noch riesenhafter erscheinen. Auf den erwähnten Bäumen hocken Musikanten mit Vogelgesichtern und wunderlichen Saiten- und Blasinstrumenten. Die Szene ist bereits ziemlich belebt von tanzenden Gruppen, deren Trachten an die verschiedensten Länder und Zeitalter erinnern, so daß die ganze Versammlung einem Maskenball gleicht, um so mehr, da wirklich viele darunter verlarvt und vermummt sind. Wie barock, bizarr und abenteuerlich auch manche dieser Gestalten, so dürfen sie dennoch den Schönheitssinn nicht verletzen, und der häßliche Eindruck des Fratzenwesens wird gemildert oder verwischt durch märchenhafte Pracht und positives Grauen. Vor den Bocksaltar tritt ab und zu ein Paar, ein Mann und ein Weib, beide mit einer schwarzen Fackel in der Hand, sie verbeugen sich vor der Rückseite des Bocks, knien davor nieder und leisten das Homagium des Kusses. Unterdessen kommen neue Gäste durch die Luft geritten, auf Besenstielen, Mistgabeln, Kochlöffeln, auch auf Wölfen und Katzen. Diese Ankömmlinge finden hier die Buhlen, die bereits ihrer harrten. Nach freudigsten Willkomm-Begrüßung mischen sie sich unter die tanzenden Gruppen. Auch Ihre Durchlaucht die Herzogin kommt auf einer ungeheuren Fledermaus herangezogen; sie ist so entblößt als möglich gekleidet und trägt am rechten Fuß den güldenen Schuh. Sie scheint jemanden mit Ungeduld zu suchen. Endlich erblickt sie den Ersehnten, nämlich Faust, welcher mit Mephistophela auf schwarzen Rossen zum Feste heranfliegt; er trägt ein glänzendes Rittergewand und seine Gefährtin schmückt das züchtig enganliegende Amazonenkleid eines deutschen Edelfräuleins. Faust und die Herzogin stürzen einander in die Arme und ihre überschwellende Inbrunst offenbart sich in den verzücktesten Tänzen. Mephistophela hat unterdessen ebenfalls einen erwarteten Gespons gefunden, einen dürren Junker in schwarzer, spanischer Manteltracht und mit einer blutroten Hahnenfeder auf dem Barett; doch während Faust und die Herzogin die ganze Stufenleiter einer wahren Leidenschaft, einer wilden Liebe, durchtanzen, ist der Zweitanz der Mephistophela und ihres Partners, als Gegensatz, nur der buhlerische Ausdruck der Galanterie, der zärtlichen Lüge, der sich selbst persiflierenden Lüsternheit. Alle vier ergreifen endlich schwarze Fackeln, bringen in der oben erwähnten Weise dem Bocke ihre Huldigung, und schließen sich zuletzt der Ronde an, womit die ganze vermischte Gesellschaft den Altar umwirbelt. Das Eigentümliche dieser Ronde besteht darin, daß die Tänzer einander den Rücken zudrehen, und nicht das Gesicht, welches nach außen gewendet bleibt.

Faust und die Herzogin, welche dem Ringelreihen entschlüpfen, erreichen die Höhe ihres Liebetaumels und verlieren sich hinter den Bäumen zur rechten Seite der Szene. Die Ronde ist beendet und neue Gäste treten vor den Altar und begehen dort die Adoration des Bocks; es sind gekrönte Häupter darunter, sogar Großwürdenträger der Kirche in ihren geistlichen Ornaten.

Im Vordergrunde zeigen sich mittlerweile viele Mönche und Nonnen, und an ihren extravaganten Polkasprüngen erquicken sich die dämonischen Zuschauer auf den Bergspitzen und sie applaudieren mit lang hervorgestreckten Tatzen. Faust und die Herzogin kommen wieder zum Vorschein, doch sein Antlitz ist verstört, und verdrossen wendet er sich ab von dem Weibe, das ihn mit den wollüstigsten Karessen verfolgt. Er gibt ihr seinen Überdruß und Widerwillen in unzweideutiger Weise zu erkennen. Vergebens stürzt flehentlich die Herzogin vor ihm nieder; er stößt sie mit Abscheu zurück. In diesem Augenblicke erscheinen drei Mohren in goldnen Wappenröcken, worauf lauter schwarze Böcke gestickt sind; sie bringen der Herzogin den Befehl, sich unverzüglich zu ihrem Herrn und Meister Satanas zu begeben, und die Zögernde wird mit Gewalt fortgeschleppt. Man sieht im Hintergrunde wie der Bock von seinem Postamente herabsteigt und, nach einigen sonderbaren Komplimentierungen, mit der Herzogin ein Menuett tanzt. Langsam gemessene zeremoniöse Pas. Auf dem Antlitz des Bockes liegt der Trübsinn eines gefallenen Engels und der tiefe Ennui eines blasierten Fürsten; in allen Zügen der Herzogin verrät sich die trostloseste Verzweiflung. Nach Beendigung des Tanzes steigt der Bock wieder auf sein Postament; die Damen, welche diesem Schauspiel zugesehen, nahen sich der Herzogin mit Knix und Huldigung und ziehen dieselbe mit sich fort. Faust ist im Vordergrunde stehengeblieben, und während er jenem Menuett zuschaut, erscheint wieder an seiner Seite Mephistophela. Mit Widerwillen und Ekel zeigt Faust auf die Herzogin und scheint in betreff derselben etwas Entsetzliches zu erzählen; er bezeugt überhaupt seinen Ekel ob all dem Fratzentreiben, das er vor sich sehe, ob all dem gotischen Wuste, der nur eine plump schnöde Verhöhnung der kirchlichen Asketik, ihm aber ebenso unerquicklich sei wie letztere. Er empfindet eine unendliche Sehnsucht nach dem Reinschönen, nach griechischer Harmonie, nach den uneigennützig edlen Gestalten der Homerischen Frühlingswelt! Mephistophela versteht ihn, und mit ihrem Zauberstab den Boden berührend, läßt sie das Bild der berühmten Helena von Sparta daraus hervorsteigen und sogleich wieder verschwinden. Das ist es, was das gelehrte, nach antikem Ideal dürstende Herz des Doktors begehrte; er gibt seine volle Begeisterung zu erkennen, und durch einen Wink der Mephistophela erscheinen wieder die magischen Rosse, worauf beide davonfliegen. In demselben Momente erscheint die Herzogin wieder auf der Szene; sie bemerkt die Flucht des Geliebten, gerät in die unsinnigste Verzweiflung und fällt ohnmächtig zu Boden. In diesem Zustande wird sie von einigen wüsten Gestalten aufgehoben und mit Scherz und Possen, wie im Triumphe, umhergetragen. Wieder Hexenronde, die plötzlich unterbrochen wird von dem gellenden Klang eines Glöckchens und einem Orgelchoral, der eine verruchte Parodie der Kirchenmusik ist. Alles drängt sich zum Altar, wo der schwarze Bock in Flammen aufgeht und prasselnd verbrennt. Nachdem der Vorhang schon gefallen, hört man noch die grausenhaft burlesken Freveltöne der Satansmesse.

Vierter Akt

Eine Insel im Archipel. Ein Stück Meer, smaragdfarbig glänzend, ist links sichtbar und scheidet sich lieblich ab von dem Turkoisenblau des Himmels, dessen sonniges Tageslicht eine ideale Landschaft überstrahlt: Vegetation und Architekturen sind hier so griechisch schön, wie sie der Dichter der Odyssee einst geträumt. Pinien, Lorbeerbüsche, in deren Schatten weiße Bildwerke ruhen; große Marmorvasen mit fabelhaften Pflanzen; die Bäume von Blumengirlanden umwunden; kristallene Wasserfälle; zur rechten Seite der Szene ein Tempel der Venus Aphrodite, deren Statue aus den Säulengängen hervorschimmert; und das alles belebt von blühenden Menschen, die Jünglinge in weißen Festgewanden, die Jungfrauen in leichtgeschürzter Nymphentracht, ihre Häupter geschmückt mit Rosen oder Myrten, und teils in einzelnen Gruppen sich erlustigend, teils auch in zeremoniösen Reigen vor dem Tempel der Göttin mit dem Freudendienste derselben beschäftigt. Alles atmet hier griechische Heiterkeit, ambrosischen Götterfrieden, klassische Ruhe. Nichts erinnert an ein neblichtes Jenseits, an mystische Wollust- und Angstschauer, an überirdische Ekstase eines Geistes, der sich von der Körperlichkeit emanzipiert: hier ist alles reale plastische Seligkeit ohne retrospektive Wehmut, ohne ahnende leere Sehnsucht. Die Königin dieser Insel ist Helena von Sparta, die schönste Frau der Poesie, und sie tanzt an der Spitze ihrer Hofmägde vor dem Venustempel: Tanz und Posituren, im Einklang mit der Umgebung, gemessen, keusch und feierlich.

In diese Welt brechen plötzlich herein Faust und Mephistophela, auf ihren schwarzen Rossen durch die Lüfte herabfliegend. Sie sind wie befreit von einem düstern Alpdruck, von einer schnöden Krankheit, von einem tristen Wahnsinn, und erquicken sich beide an diesem Anblick des Urschönen und des wahrhaft Edlen. Die Königin und ihr Gefolge tanzen ihnen gastlich entgegen, bieten ihnen Speise und Trank in kostbar ziselierten Geräten, und laden sie ein bei ihnen zu wohnen auf der stillen Insel des Glücks. Faust und seine Gefährtin antworten durch freudige Tänze, und alle, einen Festzug bildend, begeben sich zuletzt nach dem Tempel der Venus, wo der Doktor und Mephistophela ihre mittelalterlich romantische Kleidung gegen einfach herrliche griechische Gewänder vertauschen; in solcher Umwandlung wieder mit der Helena auf die Vorderszene tretend, tragieren sie irgendeinen mythologischen Dreitanz.

Faust und Helena lassen sich endlich nieder auf einen Thron, zur rechten Seite der Szene, während Mephistophela, einen Thyrsus und eine Handtrommel ergreifend, als Bacchantin in den ausgelassensten Posituren einherspringt. Die Jungfrauen der Helena erfaßt das Beispiel dieser Lust, sie reißen die Rosen und Myrten von ihren Häuptern, winden Weinlaub in die entfesselten Locken, und mit flatternden Haaren und geschwungenen Thyrsen taumeln sie ebenfalls dahin als Bacchantinnen. Die Jünglinge bewaffnen sich alsbald mit Schild und Speer, vertreiben die göttlich rasenden Mädchen, und tanzen in Scheinkämpfen eine jener kriegerischen Pantomimen, welche von den alten Autoren so wohlgefällig beschrieben sind.

In dieser heroischen Pastorale mag auch eine antike Humoreske eingeschaltet werden, nämlich eine Schar Amoretten, die auf Schwänen herangeritten kommen, und mit Spießen und Bogen ebenfalls einen Kampftanz beginnen. Dieses artige Spiel wird aber plötzlich gestört: die erschreckten Liebesbübchen werfen sich rasch auf ihre Reitschwäne und flattern von dannen bei der Ankunft der Herzogin, die auf einer ungeheuren Fledermaus durch die Luft herbeigeflogen kommt, und wie eine Furie vor den Thron tritt, wo Faust und Helena ruhig sitzen. Sie scheint jenem die wahnsinnigsten Vorwürfe zu machen und diese zu bedrohen. Mephistophela, die den ganzen Auftritt mit Schadenfreude betrachtet, beginnt wieder ihren Bacchantentanz, dem die Jungfrauen der Helena sich ebenfalls wieder tanzend beigesellen, so daß diese Freudenchöre mit dem Zorn der Herzogin gleichsam verhöhnend kontrastieren. Letztere kann sich zuletzt vor Wut nicht mehr lassen, sie schwingt den Zauberstab, den sie in der Hand hält, und scheint diese Bewegung mit den entsetzlichsten Beschwörungssprüchen zu begleiten. Alsbald verfinstert sich der Himmel. Blitz und Donnerschlag, das Meer flutet stürmisch empor, und auf der ganzen Insel geschieht an Gegenständen und Personen die schauderhafteste Umwandlung. Alles ist wie getroffen von Wetter und Tod: die Bäume stehen laublos und verdorrt; der Tempel ist zu einer Ruine zusammengesunken; die Bildsäulen liegen gebrochen am Boden; die Königin Helena sitzt als eine fast zum Gerippe entfleischte Leiche in einem weißen

Laken zur Seite des Faust; die tanzenden Frauenzimmer sind ebenfalls nur noch knöcherne Gespenster, gehüllt in weiße Tücher, die über den Kopf hängend nur bis auf die dürren Lenden reichen, wie man die Lamien darstellt, und in dieser Gestalt setzen sie ihre heitern Tanzposituren und Ronden fort, als wäre gar nichts passiert, und sie scheinen die ganze Umwandlung durchaus nicht bemerkt zu haben. Faust ist aber bei diesem Begebnis, wo all sein Glück zertrümmert ward durch die Rache einer eifersüchtigen Hexe, aufs höchste gegen dieselbe erbost; er springt vom Thron herab, mit gezogenem Schwerte, und bohrt es in die Brust der Herzogin.

Mephistophela hat die beiden Zauberrappen wieder herbeigeführt, sie treibt den Faust angstvoll an, sich schnell aufzuschwingen und reitet mit ihm davon durch die Luft. Das Meer brandet unterdessen immer höher, es überschwemmt allmählich Menschen und Monumente, nur die tanzenden Lamien scheinen nichts davon zu merken, und bei heitern Tamburinklängen tanzen sie bis zum letzten Augenblick, wo die Wellen ihre Köpfe erreichen und die ganze Insel gleichsam im Wasser versinkt. Über das sturmgepeitschte Meer, hoch oben in der Luft, sieht man Faust und Mephistophela auf ihren schwarzen Gäulen dahinjagen.

Fünfter Akt

Ein großer freier Platz vor einer Kathedrale, deren gotisches Portal im Hintergrunde sichtbar. Zu beiden Seiten zierlich geschnittene Lindenbäume; unter denselben links sitzen zechende und schmausende Bürgersleute, gekleidet in der niederländischen Tracht des sechzehnten Jahrhunderts. Unfern sieht man auch mit Armbrüsten bewaffnete Schützen, die nach einem auf einen hohen Pfahl gepflanzten Vogel schießen. Überall Kirmesjubel: Schaubuden, Musikanten, Puppenspiel, umherspringende Pickelheringe und fröhliche Gruppen. In der Mitte der Szene ein Rasenplatz, wo die Honoratioren tanzen. -

Der Vogel ist herabgeschossen und der Sieger hält als Schützenkönig seinen Triumphzug. Eine feiste Bierbrauerfigur, auf dem Haupte eine enorme Krone, woran eine Menge Glöckchen, Bauch und Rücken behängt mit großen Schilden von Goldblech, und solchermaßen mit Geklingel und Gerassel einherstolzierend. Vor ihm marschieren Trommler und Pfeifer, auch der Fahnenträger, ein kurzbeiniger Knirps, der mit einer ungeheuern Fahne die drolligsten Schwenkungen verrichtet; die ganze Schützengilde folgt gravitätisch hinterher. Vor dem dicken Bürgermeister und seiner nicht minder korpulenten Gattin, die nebst ihrem Töchterlein unter den Linden sitzen, wird die Fahne geschwenkt und neigen sich respektvoll die Vorüberziehenden. Jene erwidern die Salutation, und ihr Töchterlein, ein blondlockiges Jungfrauenbild aus der niederländischen Schule, kredenzt dem Schützenkönig den Ehrenbecher.

Trompetenstöße ertönen und auf einem hohen mit Laubwerk geschmückten Karren, der von zwei schwarzen Gäulen gezogen wird, erscheint der hochgelahrte Doktor Faust in scharlachrotem und goldbetreßtem Quacksalberkostüme; dem Wagen voran, die Pferde lenkend, schreitet Mephistophela, ebenfalls in grell marktschreierischem Aufputz, reich bebändert und befiedert und in der Hand eine große Trompete, worauf sie zuweilen Fanfaren bläst, während sie eine das Volk heranlockende Reklame tanzt. Die Menge drängt sich alsbald um den Wagen, wo der fahrende Wunderdoktor allerlei Tränklein und Mixturen gegen bare Bezahlung austeilt. Einige Personen bringen ihm in großen Flaschen ihren Urin zur Besichtigung. Andern reißt er die Zähne aus. Er tut sichtbare Mirakelkuren an verkrüppelten Kranken, die ihn geheilt verlassen und vor Freude tanzen. Er steigt endlich herab vom Wagen, der davonfährt, und verteilt unter die Menge seine Phiolen, aus welchen man nur einige Tropfen zu genießen braucht, um von jedem Leibesübel geheilt und von der unbändigsten Tanzlust ergriffen zu werden. Der Schützenkönig, welcher den Inhalt einer Phiole verschluckt, empfindet dessen Zaubermacht, er ergreift Mephistophela und hopst mit ihr ein Pas-de-deux. Auch auf den bejahrten Bürgermeister und seine Gattin übt der Trank seine beinbewegende Wirkung, und beide humpeln den alten Großvatertanz.

Während aber das sämtliche Publikum im tollsten Wirbel sich umherdreht, hat Faust sich der Bürgermeisterstochter genaht, und bezaubert von ihrer reinen Natürlichkeit, Zucht und Schöne, erklärt er ihr seine Liebe, und mit wehmütigen, fast schüchternen Gebärden nach der Kirche deutend, wirbt er um ihre Hand. Auch bei den Eltern, die sich keuchend wieder auf ihre Bank niederlassen, wiederholt er seine Werbung; jene sind mit dem Antrag zufrieden, und auch die naive Schöne gibt endlich ihre verschämte Zustimmung. Letztere und Faust werden jetzt mit Blumensträußen geschmückt und tanzen als Braut und Bräutigam ihre sittsam bürgerlichen Hymenäen. Der Doktor hat endlich im bescheiden süßen Stilleben das Hausglück gefunden, welches die Seele befriedigt. Vergessen sind die Zweifel und die schwärmerischen Schmerzgenüsse des Hochmutgeistes, und er strahlt vor innerer Beseligung, wie der vergoldete Hahn eines Kirchturms.

Es bildet sich der Brautzug mit hochzeitlichem Gepränge, und derselbe ist schon auf dem Wege zur Kirche, als Mephistophela plötzlich mit hohnlachenden Gebärden vor den Bräutigam tritt und ihn seinen idyllischen Gefühlen entreißt; sie scheint ihm zu befehlen ihr unverzüglich von hinnen zu folgen. Faust widersetzt sich mit hervorbrechendem Zorn, und die Zuschauer sind bestürzt über diese Szene. Doch noch größerer Schrecken erfaßt sie, als plötzlich auf Mephistophelas Beschwörung, ein nächtliches Dunkel und das schrecklichste Gewitter hereinbricht. Sie fliehen angstvoll und flüchten sich in die nahe Kirche, wo eine Glocke zu läuten und eine Orgel zu rauschen beginnen, ein frommes Gedröhne, welches mit dem blitzenden und donnernden Höllenspektakel auf der Szene kontrastiert. Auch Faust hat sich wie die andern in den Schoß der

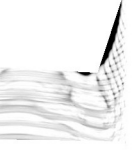

Kirche flüchten wollen, aber eine große schwarze Hand, die aus dem Boden hervorgriff, hat ihn zurückgehalten, während Mephistophela, mit boshaft triumphierender Miene aus ihrem Mieder das Pergamentblatt hervorzieht, das der Doktor einst mit seinem Blute unterzeichnet hat; sie zeigt ihm, daß die Zeit des Kontraktes verflossen sei und Leib und Seele jetzt der Hölle gehöre. Vergebens macht Faust allerlei Einwendungen, vergebens legt er sich zuletzt aufs Jammern und Bitten – das Teufelsweib umtänzelt ihn mit allen Grimassen der Verhöhnung. Es öffnet sich der Boden und es treten hervor die greuelhaften Höllenfürsten, die gekrönten und szeptertragenden Ungetüme. In jubelnder Ronde verspotten sie ebenfalls den armen Doktor, den Mephistophela, die endlich sich in eine gräßliche Schlange verwandelt hat, mit wilder Umschlingung erdrosselt. Die ganze Gruppe versinkt unter Flammengeprassel in die Erde, während das Glockengeläute und die Orgelklänge, die vom Dome her ertönen, zu frommen, christlichen Gebeten auffordern.

Erläuterungen

To
Lumley, Esq ^{re}
Director
of the Theatre of Her Majesty
the Queen

Dear Sir!

Eine leicht begreifliche Zagnis überfiel mich, als ich bedachte, daß ich zu meinem Ballette einen Stoff gewählt, den bereits unser großer Wolfgang Goethe, und gar in seinem größten Meisterwerke, behandelt hat. Wäre es aber schon gefährlich genug bei gleichen Mitteln der Darstellung mit einem solchen Dichter zu wetteifern, wieviel halsbrechender müßte das Unternehmen sein, wenn man mit ungleichen Waffen in die Schranken treten wollte! In der Tat, Wolfgang Goethe hatte, um seine Gedanken auszusprechen, das ganze Arsenal der redenden Künste zu seiner Verfügung, er gebot über alle Truhen des deutschen Sprachschatzes, der so reich ist an ausgeprägten Denkworten des Tiefsinns und uralten Naturlauten der Gemütswelt, Zaubersprüche, die im Leben längst verhallt, gleichsam als Echo in den Reimen des Goethischen Gedichtes widerklingen und des Lesers Phantasie so wunderbar aufregen! Wie kümmerlich dagegen sind die Mittel, womit ich Ärmster ausgerüstet bin, um das, was ich denke und fühle, zur äußern Erscheinung zu bringen! Ich wirke nur durch ein magres Libretto, worin ich in aller Kürze andeute, wie Tänzer und Tänzerinnen sich gehaben und gebärden sollen und wie ich mir dabei die Musik und die Dekorationen ungefähr denke. Und dennoch habe ich es gewagt einen Doktor Faustus zu dichten in der Form eines Balletts, rivalisierend mit dem großen Wolfgang Goethe, der mir sogar die Jugendfrische des Stoffes vorweggenommen, und zur Bearbeitung desselben sein langes blühendes Götterleben anwenden konnte – während mir, dem bekümmerten Kranken, von Ihnen verehrter Freund, nur ein Termin von vier Wochen gestellt ward, binnen welchen ich Ihnen mein Werk liefern mußte.

Die Grenzen meiner Darstellungsmittel konnte ich leider nicht überschreiten, aber innerhalb derselben habe ich geleistet, was ein braver Mann zu leisten vermag, und ich habe wenigstens einem

25

Verdienste nachgestrebt, dessen sich Goethe keineswegs rühmen darf: in seinem Faustgedichte nämlich vermissen wir durchgängig das treue Festhalten an der wirklichen Sage, die Ehrfurcht vor ihrem wahrhaftigen Geiste, die Pietät für ihre innere Seele, eine Pietät, die der Skeptiker des achtzehnten Jahrhunderts (und ein solcher blieb Goethe bis an sein seliges Ende) weder empfinden noch begreifen konnte! Er hat sich in dieser Beziehung einer Willkür schuldig gemacht, die auch ästhetisch verdammenswert war und die sich zuletzt an dem Dichter selbst gerächt hat. Ja, die Mängel seines Gedichts entsprangen aus dieser Versündigung, denn, indem er von der frommen Symmetrie abwich, womit die Sage im deutschen Volksbewußtsein lebte, konnte er das Werk nach dem neu ersonnenen ungläubigen Bauriß nie ganz ausführen, es ward nie fertig, wenn man nicht etwa jenen lendenlahmen zweiten Teil des Faustes, welcher vierzig Jahre später erschien, als die Vollendung des ganzen Poems betrachten will. In diesem zweiten Teile befreit Goethe den Nekromanten aus den Krallen des Teufels, er schickt ihn nicht zur Hölle, sondern läßt ihn triumphierend einziehen ins Himmelreich, unter dem Geleite tanzender Englein, katholischer Amoretten, und das schauerliche Teufelsbündnis, das unsern Vätern so viel haarsträubendes Entsetzen einflößte, endigt wie eine frivole Farce – ich hätte fast gesagt wie ein Ballett.

Mein Ballett enthält das Wesentlichste der alten Sage vom Doktor Faustus, und indem ich ihre Hauptmomente zu einem dramatischen Ganzen verknüpfte, hielt ich mich auch in den Details ganz gewissenhaft an den vorhandenen Traditionen, wie ich sie zunächst vorfand in den Volksbüchern, die bei uns auf den Märkten verkauft werden, und in den Puppenspielen, die ich in meiner Kindheit tragieren sah.

Die Volksbücher, die ich hier erwähne, sind keineswegs gleichlautend. Die meisten sind willkürlich zusammengestoppelt aus zwei ältern großen Werken über Faust, die, nebst den sogenannten Höllenzwängen, als die Hauptquellen für die Sage zu betrachten sind. Diese Bücher sind in solcher Beziehung zu wichtig, als daß ich Ihnen nicht genauere Auskunft darüber geben müßte. Das älteste dieser Bücher über Faust ist 1587 zu Frankfurt erschienen bei Johann Spies, der es nicht bloß gedruckt, sondern abgefaßt zu haben scheint, obgleich er in einer Zueignung an seine Gönner sagt, daß er das Manuskript von einem Freunde aus Speyer erhalten. Dieses alte Frankfurter Faustbuch ist weit poetischer, weit tiefsinniger und weit symbolischer abgefaßt, als das andere Faustbuch, welches Georg Rudolph Widman geschrieben und 1599 zu Hamburg herausgegeben. Letzteres jedoch gelangte zu größerer Verbreitung, vielleicht weil es mit homiletischen Betrachtungen durchwässert und mit gravitätischen Gelehrsamkeiten gespickt ist. Das bessere Buch ward dadurch verdrängt und versank schier in Vergessenheit. Beiden Büchern liegt die wohlgemeinteste Verwarnung gegen Teufelsbündnisse, ein frommer Zweck, zum Grunde. Die dritte Hauptquelle der Faustsage, die sogenannten Höllenzwänge, sind Geisterbeschwörungsbücher, die zum Teil in lateinischer, zum Teil in deutscher Sprache abgefaßt und dem Doktor Faust selbst zugeschrieben sind. Sie sind sehr wunderlich voneinander abweichend und kursieren auch unter verschiedenen Titeln. Der famoseste der Höllenzwänge ist »Der Meergeist« genannt; seinen Namen flüsterte man nur mit Zittern, und das Manuskript lag in den Klosterbibliotheken mit einer eisernen Kette angeschlossen. Dieses Buch ward jedoch durch frevelhafte Indiskretion im Jahr 1692 zu Amsterdam bei Holbek in dem Kohlsteg gedruckt.

Die Volksbücher, welche aus den angegebenen Quellen entstanden sind, benutzten auch mitunter ein ebenso merkwürdiges Opus über Doktor Fausts zauberkundigen Famulus, der Christoph Wagner geheißen und dessen Abenteuer und Schwänke nicht selten seinem berühmten Lehrer zugeschrieben werden. Der Verfasser, der sein Werk 1594, angeblich nach einem spanischen Originale, herausgab, nennt sich Tholeth Schotus. Wenn es wirklich aus dem Spanischen übersetzt, was ich aber bezweifle, so ist hier eine Spur, woraus sich die merkwürdige Übereinstimmung der Faustsage mit der Sage vom Don Juan ermitteln ließe.

Hat es in der Wirklichkeit jemals einen Faust gegeben? Wie manchen andern Wundertäter, hat man auch den Faust für einen bloßen Mythos erklärt. Ja, es ging ihm gewissermaßen noch schlimmer: die Polen, die unglücklichen Polen, haben ihn als ihren Landsmann reklamiert, und sie behaupten, er sei noch heutigentages bei ihnen bekannt unter dem Namen Twardowski. Es ist wahr, nach frühesten Nachrichten über Faust hat derselbe auf der Universität zu Krakau die Zauberkunst studiert, wo sie öffentlich gelehrt ward, als freie Wissenschaft, was sehr merkwürdig; es ist auch wahr, daß die Polen damals große Hexenmeister gewesen, was sie heutzutage nicht sind: aber unser Doktor Johannes Faustus ist eine so grundehrliche, wahrheitliche, tiefsinnig naive, nach dem Wesen der Dinge lechzende, und selbst in der Sinnlichkeit so gelehrte Natur, daß er nur eine Fabel oder ein Deutscher sein konnte. Es ist aber an seiner Existenz gar nicht zu zweifeln, die glaubwürdigsten Personen geben davon Kunde, z. B. Johannes Wierus, der das berühmte Buch über das Hexenwesen geschrieben, dann Philipp Melanchthon, der Waffenbruder Luthers, sowie auch der Abt Tritheim, ein großer Gelehrter, welcher ebenfalls mit Geheimnissen sich abgab und daher, beiläufig gesagt, vielleicht aus Handwerksneid den Faust herabzuwürdigen und ihn als einen unwissenden Marktschreier darzustellen suchte. Nach den eben erwähnten Zeugnissen von Wierus und Melanchthon war Faust gebürtig aus Kundlingen, einem kleinen Städtchen in Schwaben. Beiläufig muß ich hier bemerken, daß die obenerwähnten Hauptbücher über Faust voneinander abweichen in der Angabe seines Geburtsorts. Nach der ältern Frankfurter Version ist er als eines Bauern Sohn zu Rod bei Weimar geboren. In der Hamburger Version von Widmann heißt es hingegen: »Faustus ist gebürtig gewesen aus der Grafschaft Anhalt und haben seine Eltern gewohnt in der Mark Soltwedel, die waren fromme Bauersleute.«

In einer Denkschrift über den fürtrefflichen und ehrenfesten Bandwurmdoktor Calmonius, womit ich mich jetzt beschäftige, finde ich Gelegenheit bis zur Evidenz zu beweisen, daß der wahre historische Faust kein anderer ist, als jener Sabellicus, den der Abt Tritheim als einen Marktschreier und Erzschelm schilderte, welcher Gott und die Welt befefelt habe. Der Umstand, daß derselbe auf einer Visitenkarte, die er an Tritheim schickte, sich Faustus junior nannte, verleitete viele Schriftsteller zu der irrigen Annahme, als habe es einen ältern Zauberer dieses Namens gegeben. Das Beiwort »junior« soll aber hier nur bedeuten, daß der Faust einen Vater oder ältern Bruder besaß, der noch am Leben gewesen; was für uns von keiner Bedeutung ist. Ganz anders wäre es z. B., wenn ich unserm heutigen Calmonius das Epithet »junior« beilegen wollte, indem ich dadurch auf einen ältern Calmonius hindeuten würde, der in der Mitte des vorigen Jahrhunderts gelebt und ebenfalls ein großer Prahlhans und Lügner gewesen sein mochte; er rühmte sich z. B. der vertrauten Freundschaft Friedrichs des Großen, und erzählte oft, wie der König eines Morgens mit der ganzen Armee seinem Hause vorbeimarschiert sei, und vor seinem Fenster stille haltend, zu ihm hinaufgerufen habe: »Adies, Calmonius, ich gehe jetzt in den Siebenjährigen Krieg und ich hoffe Ihn einst gesund wiederzusehen!«

Viel verbreitet im Volke ist der Irrtum, unser Zauberer sei auch derselbe Faust, welcher die Buchdruckerkunst erfunden. Dieser Irrtum ist bedeutungsvoll und tiefsinnig. Das Volk identifizierte die Personen, weil es ahnte, daß die Denkweise, die der Schwarzkünstler repräsentiert, in der Erfindung des Buchdrucks das furchtbarste Werkzeug der Verbreitung gefunden, und dadurch eine Solidarität zwischen beiden entstanden. Jene Denkweise ist aber das Denken selbst in seinem Gegensatze zum blinden Credo des Mittelalters, zum Glauben an alle Autoritäten des Himmels und der Erde, einem Glauben an Entschädigung dort oben für die Entsagungen hienieden, wie die Kirche ihn dem knieenden Köhler vorbetete. Faust fängt an zu denken, seine gottlose Vernunft empört sich gegen den heiligen Glauben seiner Väter, er will nicht länger im dunkeln tappen und dürftig lungern, er verlangt nach Wissenschaft, nach weltlicher Macht, nach irdischer Lust, er will wissen, können und genießen – und, um die symbolische Sprache des Mittelalters zu reden, er fällt ab von Gott, verzichtet auf seine himmlische Seligkeit und huldigt dem Satan und dessen irdischen Herrlichkeiten. Diese Revolte und ihre Doktrin ward nun eben durch die Buchdruckerkunst so zauberhaft gewaltig gefördert, daß sie im Laufe der Zeit nicht bloß hochgebildete Individuen, sondern sogar ganze Volksmassen ergriffen. Vielleicht hat die Legende von Johannes Faustus deshalb einen so geheimnisvollen Reiz für unsre Zeitgenossen, weil sie hier so naiv faßlich den Kampf dargestellt sehen, den sie selber jetzt kämpfen, den modernen Kampf zwischen Religion und Wissenschaft, zwischen Autorität und Vernunft, zwischen Glauben und Denken, zwischen demütigem Entsagen und frecher Genußsucht – ein Todeskampf, wo uns am Ende vielleicht ebenfalls der Teufel holt wie den armen Doktor aus der Grafschaft Anhalt oder Kundlingen in Schwaben.

Ja, unser Schwarzkünstler wird in der Sage nicht selten mit dem ersten Buchdrucker identifiziert. Dies geschieht namentlich in den Puppenspielen, wo wir den Faust immer in Mainz finden, während die Volksbücher Wittenberg als sein Domizil bezeichnen. Es ist tief bedeutsam, daß hier der Wohnort des Faustes, Wittenberg, auch zugleich die Geburtsstätte und das Laboratorium des Protestantismus ist.

Die Puppenspiele, deren ich abermals erwähne, sind nie im Druck erschienen und erst jüngst hat einer meiner Freunde nach den handschriftlichen Texten ein solches Opus herausgegeben. Dieser Freund ist Herr Karl Simrock, welcher mit mir auf der Universität zu Bonn die Schlegelschen Kollegien über deutsche Altertumskunde und Metrik hörte, auch manchen guten Schoppen Rheinwein mit mir ausstach und sich solchermaßen in den Hülfswissenschaften perfektionierte, die ihm später zustatten kamen bei der Herausgabe des alten Puppenspiels. Mit Geist und Takt restaurierte er die verlorenen Stellen, wählte er die vorhandenen Varianten, und die Behandlung der komischen Person bezeugt, daß er auch über deutsche Hanswürste, wahrscheinlich ebenfalls im Kollegium A. W. Schlegels zu Bonn, die besten Studien gemacht hat. Wie köstlich ist der Anfang des Stücks, wo Faust allein im Studierzimmer bei seinen Büchern sitzt und folgenden Monolog hält:

> »So weit hab ich's nun mit Gelehrsamkeit gebracht,
> Daß ich allerorten werd ausgelacht.
> Alle Bücher durchstöbert von vorne bis hinten
> Und kann doch den Stein der Weisen nicht finden.
> Jurisprudenz, Medizin, alles umsunst,
> Kein Heil als in der nekromantischen Kunst.
> Was half mir das Studium der Theologie?
> Meine durchwachten Nächte, wer bezahlt mir die?
> Keinen heilen Rock hab ich mehr am Leibe
> Und weiß vor Schulden nicht wo ich bleibe.
> Ich muß mich mit der Hölle verbünden
> Die verborgenen Tiefen der Natur zu ergründen.
> Aber um die Geister zu zitieren,
> Muß ich mich in der Magie informieren.«

Die hierauf folgende Szene enthält hoch poetische und tief ergreifende Motive, die einer großen Tragödie würdig wären und auch wirklich größern dramatischen Dichtungen entlehnt sind. Diese Dichtungen sind zunächst der Faust von Marlowe, ein geniales Meisterwerk, dem augenscheinlich die Puppenspiele nicht bloß in bezug auf den Inhalt, sondern auch in betreff der Form nachgeahmt sind. Marlowes Faust mag auch andern englischen Dichtern seiner Zeit bei der Behandlung desselben Stoffes zum Vorbild gedient haben, und Stellen aus solchen Stücken sind dann wieder in die Puppenspiele übergegangen. Solche englische Faustkomödien sind wahrscheinlich später ins Deutsche übersetzt und von den sogenannten englischen Komödianten gespielt worden, die auch schon die besten Shakespeareschen Werke auf deutschen Brettern tragierten. Nur das Repertoire jener englischen Komödiantengesellschaft ist uns notdürftig überliefert, die Stücke selbst, die nie gedruckt wurden, sind jedoch verschollen und erhielten sich vielleicht auf Winkeltheatern oder bei herumziehenden Truppen niedrigsten Ranges. So erinnere ich mich selbst, daß ich zweimal von solchen Kunstvagabonden das Leben des Fausts spielen sah und zwar nicht in der Bearbeitung neuerer Dichter, sondern wahrscheinlich nach Fragmenten alter, längst verschollener Schauspiele. Das erste dieser Stücke sah ich vor fünfundzwanzig Jahren in einem Winkeltheater auf dem sogenannten Hamburger Berge zwischen Hamburg und Altona. Ich erinnere mich, die zitierten Teufel erschienen alle tief vermummt in grauen Laken. Auf die Anrede Fausts: »Seid ihr Männer oder Weiber?« antworteten sie: »Wir haben kein Geschlecht.« Faust fragt ferner, wie sie eigentlich aussähen unter ihrer grauen Hülle? und sie erwidern: »Wir haben keine Gestalt, die uns eigen wäre, wir entlehnen nach deinem Belieben jede Gestalt, worin du uns zu erblicken wünschest: wir werden immer aussehen wie deine Gedanken.« Nach abgeschlossenem Vertrag, worin ihm Kenntnis und Genuß aller Dinge versprochen wird, erkundigt sich Faust zunächst nach der Beschaffenheit des Himmels und der Hölle, und hierüber belehrt, bemerkt er: daß es im Himmel zu kühl und in der Hölle zu heiß sein müsse; am leidlichsten sei das Klima wohl auf unserer lieben Erde. Die köstlichsten Frauen dieser lieben Erde gewinnt er durch den magischen Ring, der ihm die blühendste Jugendgestalt, Schönheit und Anmut, auch die brillanteste Ritterkleidung verleiht. Nach vielen durchschlemmten und verluderten Jahren hat er noch ein Liebesverhältnis mit der Signora Lukretia, der berühmtesten Kurtisane von Venedig: er verläßt sie aber verräterisch und schifft nach Athen, wo sich die Tochter des Herzogs in ihn verliebt und ihn heiraten will. Die verzweifelnde Lukretia sucht Rat bei den Mächten der Unterwelt, um sich an dem Ungetreuen zu rächen, und der Teufel vertraut ihr, daß alle Herrlichkeit des Faust mit dem Ringe schwinde, den er am Zeigefinger trage. Signora Lukretia reist nun in Pilgertracht nach Athen und gelangt dort an den

Hof, als eben Faust, hochzeitlich geschmückt, der schönen Herzogstochter die Hand reichen will um sie zum Altar zu führen. Aber der vermummte Pilger, das rachsüchtige Weib, reißt dem Bräutigam hastig den Ring vom Finger und plötzlich verwandeln sich die jugendlichen Gesichtszüge des Faust in ein runzlichtes Greisenantlitz mit zahnlosem Munde; statt der goldenen Lockenfülle umflattert nur noch spärliches Silberhaar den armen Schädel; die funkelnde, purpurne Pracht fällt wie dürres Laub von dem gebückten, schlottrigen Leib, den jetzt nur noch schäbige Lumpen bedecken. Aber der entzauberte Zauberer merkt nicht, daß er sich solcherweise verändert oder vielmehr, daß Körper und Kleider jetzt die wahre Zerstörnis offenbaren, die sie seit zwanzig Jahren erlitten, während höllisches Blendwerk dieselbe unter erlogener Herrlichkeit den Augen der Menschen verbarg; er begreift nicht, warum das Hofgesinde mit Ekel von ihm zurückweicht, warum die Prinzessin ausruft: »Schafft mir den alten Bettler aus den Augen!« da hält ihm die vermummte Lukretia schadenfroh einen Spiegel vor, er sieht darin mit Beschämung seine wirkliche Gestalt und wird von der frechen Dienerschaft zur Tür hinausgetreten, wie ein räudiger Hund. -

Das andere Faust-Drama, dessen ich oben erwähnt, sah ich zur Zeit eines Pferdemarktes in einem hannöverschen Flecken. Auf freier Wiese war ein kleines Theater aufgezimmert, und trotzdem daß am hellen Tage gespielt ward, wirkte die Beschwörungsszene hinlänglich schauervoll. Der Dämon, welcher erschien, nannte sich nicht Mephistopheles, sondern Astaroth, ein Name, welcher ursprünglich vielleicht identisch ist mit dem Namen der Astarte, obgleich letztere in den Geheimschriften der Magiker für die Gattin des Astaroths gehalten wird. Diese Astarte wird in jenen Schriften dargestellt mit zwei Hörnern auf dem Haupte, die einen Halbmond bilden, wie sie denn wirklich einst in Phönizien als eine Mondgöttin verehrt und deshalb von den Juden, gleich allen anderen Gottheiten ihrer Nachbaren, für einen Teufel gehalten ward. König Salomon, der Weise, hat sie jedoch heimlich angebetet und Byron hat in seinem Faust, den er Manfred nannte, sie gefeiert. In dem Puppenspiele, das Simrock herausgegeben, heißt das Buch, wodurch Faust verführt wird: Clavis Astarti de magica.

In dem Stücke, wovon ich reden wollte, bevorwortet Faust seine Beschwörung mit der Klage, er sei so arm, daß er immer zu Fuße laufen müsse und nicht einmal von der Kuhmagd geküßt werde; er wolle sich dem Teufel verschreiben, um ein Pferd und eine schöne Prinzessin zu bekommen. Der beschworene Teufel erscheint zuerst in der Gestalt verschiedener Tiere, eines Schweins, eines Ochsen, eines Affen, doch Faust weist ihn zurück mit dem Bedeuten: »Du mußt bösartiger aussehen, um mir Schrecken einzuflößen.« Der Teufel erscheint alsdann wie ein Löwe, brüllend, quaerens quem devoret – auch jetzt ist er dem kecken Nekromanten nicht furchtbar genug, er muß sich mit eingekniffenem Schweife in die Kulissen zurückziehen und kehrt wieder als eine riesige Schlange. »Du bist noch nicht entsetzlich und grauenhaft genug«, sagt Faust. Der Teufel muß nochmals beschämt von dannen trollen, und jetzt sehen wir ihn hervortreten in der Gestalt eines Menschen von schönster Leibesbildung und gehüllt in einen roten Mantel. Faust gibt ihm seine Verwunderung darüber zu erkennen, und der Rotmantel antwortet: »Es ist nichts Entsetzlicheres und Grauenhafteres als der Mensch, in ihm grunzt und brüllt und meckert und zischt die Natur aller andern Tiere, er ist so unflätig wie ein Schwein, so brutal wie ein Ochse, so lächerlich wie ein Affe, so zornig wie ein Löwe, so giftig wie eine Schlange, er ist ein Kompositum der ganzen Animalität.«

Die sonderbare Übereinstimmung dieser alten Komödiantentirade mit einer der Hauptlehren der neuern Naturphilosophie, wie sie besonders Oken entwickelt, frappierte mich nicht wenig. Nachdem der Teufelsbund geschlossen, bringt Astaroth mehrere schöne Weiber in Vorschlag, die er dem Faust anpreist, z. B. die Judith. »Ich will keine Kopfabschneiderin«, antwortet jener. »Willst du die Kleopatra?« fragt alsdann der Geist. »Auch diese nicht«, erwidert Faust, »sie ist zu verschwenderisch, zu kostspielig und hat sogar den reichen Antonius ruinieren können; sie säuft Perlen.« »So rekommandiere ich dir die schöne Helena von Sparta«, spricht lächelnd der Geist und setzt ironisch hinzu: »mit dieser Person kannst du griechisch sprechen.« Der gelehrte Doktor ist entzückt über diese Proposition und fordert jetzt, daß der Geist ihm körperliche Schönheit und ein prächtiges Kleid verleihe, damit er erfolgreich mit dem Ritter Paris wetteifern könne; außerdem verlangt er ein Pferd, um gleich nach Troja zu reiten. Nach erlangter Zusage geht er ab mit dem Geiste, und beide kommen alsbald außerhalb der Theaterbude zum Vorschein, und zwar auf zwei hohen Rossen. Sie werfen ihre Mäntel von sich, und Faust sowohl als Astaroth sehen wir jetzt im glänzendsten Flitterstaate englischer Reiter die erstaunlichsten Reitkunststücke verrichten, angestaunt von den versammelten Roßkämmen, die mit hannöverisch roten Gesichtern im Kreise umherstanden und vor Entzücken auf ihre gelbledernen Hosen schlugen daß es klatschte, wie ich noch nie bei einer dramatischen Vorstellung klatschen hörte. Astaroth ritt aber wirklich allerliebst und war ein schlankes, hübsches Mädchen mit den größten, schwarzen Augen der Hölle. Auch Faust war ein schmuckes Bursche in seinem brillanten Reiterkostüme und er ritt besser als alle anderen deutschen Doktoren, die ich jemals zu Pferde gesehen. Er jagte mit Astaroth um die Schaubühne herum, wo man jetzt die Stadt Troja und auf den Zinnen derselben die schöne Helena erblickte.

Unendlich bedeutungsvoll ist die Erscheinung der schönen Helena in der Sage vom Doktor Faust. Sie charakterisiert zunächst die Epoche, in welcher dieselbe entstanden und gibt uns wohl den geheimsten Aufschluß über die Sage selbst. Jenes ewig blühende Ideal von Anmut und Schönheit, jene Helena von Griechenland, die eines Morgens zu Wittenberg als Frau Doktorin Faust ihre Aufwartung macht, ist eben Griechenland und das Hellenentum selbst, welches plötzlich im Herzen Deutschlands emportauchte wie beschworen durch Zaubersprüche. Das magische Buch aber, welches die stärksten jener Zaubersprüche enthielt, hieß Homeros, und dieses war der wahre, große Höllenzwang, welcher den Faust und so viele seiner Zeitgenossen köderte und verführte. Faust, sowohl der historische als der sagenhafte, war einer jener Humanisten, welche das Griechentum, griechische Wissenschaft und Kunst, in Deutschland mit Enthusiasmus verbreiteten. Der Sitz jener Propaganda war damals Rom, wo die vornehmsten Prälaten dem Kultus der alten Götter anhingen, und sogar der Papst, wie einst sein Reichsvorgänger Constantinus, das Amt eines Pontifex Maximus des Heidentums mit der Würde eines Oberhauptes der christlichen Kirche kumulierte. Es war die sogenannte Zeit der Wiederauferstehung oder besser gesagt der Wiedergeburt der antiken Weltanschauung, wie sie auch ganz richtig mit dem Namen Renaissance bezeichnet wird. In Italien konnte sie leichter zur Blüte und Herrschaft gelangen, als in

Deutschland, wo ihr durch die gleichzeitige neue Bibelübersetzung auch die Wiedergeburt des judäischen Geistes, die wir die evangelische Renaissance nennen möchten, so bilderstürmend fanatisch entgegentrat. Sonderbar! die beiden großen Bücher der Menschheit, die sich vor einem Jahrtausend so feindlich befehdet und wie kampfmüde während dem ganzen Mittelalter vom Schauplatz zurückgezogen hatten, der Homer und die Bibel, treten zu Anfang des sechzehnten Jahrhunderts wieder öffentlich in die Schranken. Wenn ich oben aussprach, daß die Revolte der realistischen, sensualistischen Lebenslust gegen die spiritualistisch altkatholische Askese, die eigentliche Idee der Faustsage ist: so will ich hier darauf hindeuten, wie jene sensualistische, realistische Lebenslust selbst im Gemüte der Denker zunächst dadurch entstanden ist, daß dieselben plötzlich mit den Denkmalen griechischer Kunst und Wissenschaft bekannt wurden, daß sie den Homer lasen, sowie auch die Originalwerke von Plato und Aristoteles. In diese beiden hat Faust, wie die Tradition ausdrücklich erzählt, sich so sehr vertieft, daß er sich einst vermaß: gingen jene Werke verloren, so würde er sie aus dem Gedächtnisse wiederherstellen können, wie weiland Esra mit dem Alten Testamente getan. Wie tief Faust in den Homer eingedrungen, merken wir durch die Sage, daß er den Studenten, die bei ihm ein Kollegium über diesen Dichter hörten, die Helden des Trojanischen Krieges in Person vorzuzaubern wußte. In derselben Weise beschwor er ein andermal, zur Unterhaltung seiner Gäste, ebendie schöne Helena, die er später für sich selber vom Teufel begehrte und bis zu seinem unseligen Ende besaß, wie das ältere Faustbuch berichtet. Das Buch von Widman übergeht diese Geschichten und der Verfasser äußert sich mit den Worten:

»Ich mag dem christlichen Leser nicht fürenthalten, daß ich an diesem Orte etliche Historien von D. Johanne Fausto gefunden, welche ich aus hochbedenklichen christlichen Ursachen nicht habe hierhersetzen wollen, als, daß ihn der Teufel noch fortan vom Ehestand abgehalten, und in sein höllisches, abscheuliches Hurennetz gejagt, ihm auch Helenam aus der Hölle zur Beischläferin zugeordnet hat, die ihm auch fürs erste ein erschreckliches Monstrum, und darnach einen Sohn mit Namen Justum geboren.«

Die zwei Stellen im älteren Faustbuch, welche sich auf die schöne Helena beziehen, lauten wie folgt:

»Am Weißen Sonntag kamen oftgemeldete Studenten unversehens wieder in D. Fausti Behausung zum Nachtessen, brachten ihr Essen und Trank mit sich, welches angenehme Gäste waren. Als nun der Wein einging, wurde am Tisch von schönen Weibsbildern geredet, da einer unter ihnen anfing, daß er kein Weibsbild lieber sehen wollte, als die schöne Helenam aus Graecia, derowegen die schöne Stadt Troja zugrund gegangen wäre, sie müßte schön gewesen sein, weil sie so oft geraubt worden, und wodurch solche Empörung entstanden wäre. Weil ihr denn so begierig seid, die schöne Gestalt der Königin Helenae, Menelai Hausfrau, oder Tochter Tyndari und Laedae, Castoris und Pollucis Schwester (welche die Schönste in Graecia gewesen sein soll) zu sehen, will ich euch dieselbe fürstellen, damit ihr persönlich ihren Geist in Form und Gestalt, wie sie im Leben gewesen, sehen sollt, dergleichen ich auch Kaiser Carolo Quinto auf sein Begehren, mit Fürstellung Kaiser Alexandri Magni und seiner Gemahlin, willfahren habe. Darauf verbot D. Faustus, daß keiner nichts reden sollte, noch vom Tische aufstehen, oder sie zu empfahen sich anmaßen, und geht zur Stube hinaus. Als er wieder hineingeht, folgte ihm die Königin Helena auf dem Fuße nach, so wunderschön, daß die Studenten nicht wußten, ob sie bei sich selbst wären oder nicht, so verwirrt und inbrünstig waren sie. Diese Helena erschien in einem köstlichen schwarzen Purpurkleid, ihr Haar hatte sie herabhängen, das so schön und herrlich als Goldfarbe schien, auch so lang, daß es ihr bis in die Kniebiegen hinabging, mit schönen kohlschwarzen Augen, ein lieblich Angesicht, mit einem runden Köpflein, ihre Lefzen rot wie Kirschen, mit einem kleinen Mündlein, einen Hals wie ein weißer Schwan, rote Bäcklein wie ein Röslein, ein überaus schön gleißend Angesicht, eine länglichte aufgerichtete grade Person. In summa, es war an ihr kein Untädlein zu finden, sie sahe sich allenthalben in der Stube um, mit gar frechem und bübischem Gesicht, daß die Studenten gegen sie in Liebe entzündet wurden, weil sie es aber für einen Geist achteten, verginge ihnen solche Brunst leichtlich, und ging also Helena mit D. Fausto wiederum zur Stube hinaus. Als die Studenten solches alles gesehen, baten sie D. Faustum, er solle ihnen so viel zu Gefallen tun, und sie morgen wiederum fürstellen, so wollten sie einen Maler mit sich bringen, der sollte sie abkonterfeien, welches ihnen aber D. Faustus abschlug und sagte, daß er ihren Geist nicht alle Zeit erwecken könnte. Er wollte ihnen aber ein Konterfei davon zukommen lassen, welches sie, die Studenten, abreißen lassen möchten, was dann auch geschah, und welches die Maler hernach weit hin und wieder schickten, denn es war eine sehr herrliche Gestalt eines Weibsbildes. Wer aber solches Gemälde dem Fausto abgerissen, hat man nicht erfahren können. Die Studenten aber, als sie zu Bett gekommen, haben wegen der Gestalt und Form, so sie sichtbarlich gesehen, nicht schlafen können. Hieraus ist dann zu sehen, daß der Teufel oft die Menschen in Liebe entzündet und verblendet, daß man ins Hurenleben gerät, und hernach nicht leicht wieder herauszubringen ist.«

Später heißt es in dem alten Buche:

»Damit nun der elende Faustus seines Fleisches Lüsten genugsam Raum gebe, fällt ihm um Mitternacht, als er erwachte, die Helena aus Graecia, die er vormals den Studenten am Weißen Sonntag erweckt hat, in den Sinn, deshalben er morgens seinen Geist anmahnt, er sollte ihm die Helenam darstellen, die seine Konkubine sein möchte, was auch geschah, und diese Helena war ebenmäßiger Gestalt, wie er sie den Studenten erweckt hat, mit lieblichem und holdseligem Anblicken. Als nun D. Faustus solches sah, hat sie ihm sein Herz dermaßen gefangen, daß er mit ihr anfing zu buhlen, und sie für sein Schlafweib bei sich behielt, die er so liebgewann, daß er schier keinen Augenblick von ihr sein konnte, wurde also im letzten Jahre schwangeres Leibs von ihm, gebar ihm einen Sohn, dessen sich Faustus heftig freute, und ihn Justum Faustum nannte. Dies Kind erzählet D. Fausto viel zukünftige Dinge, die in allen Ländern sollten geschehen. Als er aber hernach um sein Leben kam, verschwanden zugleich mit ihm Mutter und Kind.«

Da die meisten Volksbücher über Faust aus dem Widmanschen Werke entstanden, so geschieht darin von der schönen Helena nur kärgliche Erwähnung und ihre Bedeutsamkeit konnte leicht übersehen werden. Auch Goethe übersah sie anfänglich, wenn er überhaupt, als er den ersten Teil des Faust schrieb, jene Volksbücher kannte und nicht bloß in den Puppenspielen schöpfte. Erst vier Dezennien später, als er den zweiten Teil zum Faust dichtete, läßt er darin auch die Helena auftreten, und in der Tat, er behandelte sie con amore. Es ist das Beste oder vielmehr das einzig Gute in besagtem zweiten Teile, in dieser allegorischen und labyrinthischen Wildnis, wo jedoch plötzlich, auf erhabenem Postamente, ein wunderbar vollendetes griechisches Marmorbild sich erhebt und uns mit den weißen Augen so heidengöttlich liebreizend anblickt, daß uns fast wehmütig zu Sinne wird. Es ist die kostbarste Statue, welche jemals das Goethesche Atelier verlassen und man sollte kaum glauben, daß eine Greisenhand sie gemeißelt. Sie ist aber auch viel mehr ein Werk des ruhig besonnenen Bildens, als eine Geburt der begeisterten Phantasie, welche letztere bei Goethe nie mit besonderer Stärke hervorbrach, bei ihm ebensowenig wie bei seinen Lehrmeistern und Wahlverwandten, ich möchte fast sagen bei seinen Landsleuten, den Griechen. Auch diese besaßen mehr harmonischen Formensinn als überschwellende Schöpfungsfülle, mehr gestaltende Begabnis als Einbildungskraft, ja, ich will die Ketzerei aussprechen, mehr Kunst als Poesie.

Sie werden, teuerster Freund, nach obigen Andeutungen leicht begreifen, warum ich der schönen Helena einen ganzen Akt in meinem Ballette gewidmet habe. Die Insel, wohin ich sie versetzt, ist übrigens nicht von meiner eigenen Erfindung. Die Griechen hatten sie schon längst entdeckt, und nach der Behauptung der alten Autoren, besonders des Pausanias und des Plinius, lag sie im Pontus Euxinus, ungefähr bei der Mündung der Donau, und sie führte den Namen Achillea, wegen des Tempels des Achilles, der sich darauf befand. Er selbst, hieß es, der aus dem Grab erstandene Pelide, wandle dort umher in Gesellschaft der andern Berühmtheiten des Trojanischen Krieges, worunter auch die ewig blühende Helena von Sparta. Heldentum und Schönheit müssen zwar frühzeitig untergehen, zur Freude des Pöbels und der Mittelmäßigkeit, aber großmütige Dichter entreißen sie der Gruft und bringen sie rettend nach irgendeiner glückseligen Insel, wo weder Blumen noch Herzen welken.

Ich habe über den zweiten Teil des Goetheschen Fausts etwas mürrisch abgeurteilt, aber ich kann wirklich nicht Worte finden um meine ganze Bewunderung auszusprechen über die Art und Weise, wie die schöne Helena darin behandelt ist. Hier blieb Goethe auch dem Geiste der Sage getreu, was leider, wie ich schon bemerkt, so selten bei ihm der Fall, ein Tadel, den ich nicht oft genug wiederholen kann. In dieser Beziehung hat sich am meisten der Teufel über Goethe zu beklagen. Sein Mephistopheles hat nicht die mindeste innere Verwandtschaft mit dem wahren »Mephistopheles«, wie ihn die älteren Volksbücher nennen. Auch hier bestärkt sich meine Vermutung, daß Goethe letztere nicht kannte, als er den ersten Teil des Faustes schrieb. Er hätte sonst in keiner so säuisch spaßhaften, so zynisch skurrilen Maske den Mephistopheles erscheinen lassen. Dieser ist kein gewöhnlicher Höllenlump, er ist ein »subtiler Geist«, wie er sich selbst nennt, sehr vornehm und nobel und hochgestellt in der unterweltlichen Hierarchie, im höllischen Gouvernemente, wo er einer jener Staatsmänner ist, woraus man einen Reichskanzler machen kann. Ich verlieh ihm daher eine Gestalt, die seiner Würde angemessen. Verwandelte sich doch der Teufel immer am liebsten in ein schönes Frauenzimmer, und im älteren Faustbuche weiß auch Mephistopheles den armen Doktor in dieser Gestalt zu kirren, wenn den Ärmsten manchmal fromme Skrupel überschlichen. Das alte Faustbuch erzählt ganz naiv:

»Wenn der Faust allein war, und dem Wort Gottes nachdenken wollte, schmücket sich der Teuffel in Gestalt einer schönen Frauwen für ihn, hälset ihn, und trieb mit ihm alle Unzucht, also daß er des göttlichen Worts bald vergaß, und in Wind schlug, und in seinem bösen Fürhaben fortfuhr.«

Indem ich den Teufel und seine Gesellen als Tänzerinnen erscheinen lasse, bin ich der Tradition treuer geblieben als Sie vermuten. Daß es zur Zeit des Doktor Faust schon Corps de ballets von Teufeln gegeben hat, ist keine Fiktion Ihres Freundes, sondern es ist eine Tatsache, die ich mit Stellen aus dem Leben des Christoph Wagner, welcher Fausts Schüler war, beweisen kann. In dem sechzehnten Kapitel dieses alten Buches lesen wir, daß der arge Sünder ein Gastgelag in Wien gab, wo die Teufel in Frauenzimmergestalt, mit Saitenspielen die schönste und lieblichste Musik machten und andre Teufel »allerlei seltsame und unzüchtige Tänze tanzten«. Auch in Affengestalt tanzten sie bei dieser Gelegenheit und da heißt es: »Bald kamen zwölf Affen, die machten einen Reigen, tanzten französische Ballette, wie jetzt die Leute in Welschland, Frankreich und Deutschland zu tun pflegen, sprungen und hüpften sehr wohl, daß sich männiglich verwunderte.« Der Teufel Auerhahn, der dem

Wagner als dienender Geist angehörte, zeigte sich gewöhnlich in der Gestalt eines Affen. Er debütiert ganz eigentlich als Tanzaffe. Als Wagner ihn beschwur, ward er ein Affe, erzählt das alte Buch und da heißt es: »Der sprang auf und nieder, tanzte Gaillard und andere üppige Tänze, schlug bisweilen auf dem Hackebrett, pfiff auf der Querpfeife, blies auf der Trompete, als wären ihrer hundert.«

Ich kann hier, liebster Freund, der Versuchung nicht widerstehen, Ihnen zu erklären, was der Biograph des Nekromanten unter dem Namen »Gaillard tanzen« versteht. Ich finde nämlich in einem noch ältern Buche von Johann Prätorius, welches 1668 zu Leipzig gedruckt ist und Nachrichten über den Blocksberg enthält, die merkwürdige Belehrung, daß oberwähnter Tanz vom Teufel erfunden worden; der ehrbare Autor sagt dabei ausdrücklich:

»Von der neuen giallardischen Volta, einem welschen Tanze, wo man einander an schamigen Orten fasset und wie ein getriebener Topf herumhaspelt und wirbelt, und welcher durch die Zauberer aus Italien nach Frankreich ist gebracht worden, mag man auch wohl sagen, daß zu dem, daß solcher Wirbeltanz voller schändlicher untätiger Gebärden und unzüchtiger Bewegungen ist, er auch das Unglück auf sich trage, daß unzählig viel Morde und Mißgeburten daraus entstehen. Welches wahrlich bei einer wohlbestellten Polizei ist wahrzunehmen und aufs allerschärfste zu verbieten. Und dieweil die Stadt Genf fürnehmlich das Tanzen hasset, so hat der Satan eine junge Tochter von Genf gelehret, alle die tanzend und springend zu machen, die sie mit einer eisernen Gerte oder Rute, welche der Teufel ihr gegeben gehabt, möchte berühren. Auch hat sie der Richter gespottet, und gesagt, sie werden sie nicht mögen umbringen; hat deshalb der Übeltat nie keine Reue gehabt.«

Sie sehen aus dieser Zitation, liebster Freund, erstens, was die Gaillarde ist, und zweitens, daß der Teufel die Tanzkunst aus dem Grunde fördert, um den Frommen ein Ärgernis zu geben. Daß er gar die fromme Stadt Genf, das calvinistische Jerusalem, mit seiner Zaubergerte zum Tanzen zwang, das war der Gipfel seiner Frevelhaftigkeit! Denken Sie sich alle diese kleinen Genfer Heiligen, alle diese gottesfürchtigen Uhrmacher, alle diese Auserwählten des Herrn, alle diese tugendhaften Erzieherinnen, diese steifen, eckigen

Prediger- und Schulmeisterfiguren, welche auf einmal die Gaillarde zu tanzen beginnen! Die Geschichte muß wahr sein, denn ich erinnere mich sie auch in der »Daemonomania« des Bodinus gelesen zu haben, und ich hätte nicht übel Lust, sie zu einem Ballette zu bearbeiten, betitelt: das tanzende Genf!

Der Teufel ist ein großer Tanzkünstler, wie Sie sehen, und es darf wahrlich niemanden wundern, wenn er in der Gestalt einer Tänzerin sich einem verehrungswerten Publiko präsentiert. Eine minder natürliche, aber sehr tiefsinnige Metamorphose ist es, daß sich, im älteren Faustbuche, der Mephistopheles in ein geflügeltes Roß verwandelt und auf seinem Rücken den Faust nach allen Ländern und Orten brachte, wohin dessen Sinn oder Sinnlichkeit begehrte. Der Geist hat hier nicht bloß die Geschwindigkeit des Gedankens, sondern auch die Macht der Poesie; er ist hier ganz eigentlich der Pegasus, der den Faust zu allen Herrlichkeiten und Genüssen dieser Erde hinträgt, in der kürzesten Frist. Er bringt ihn im Nu nach Konstantinopel und zwar direkt in den Harem des Großtürken, wo Faust unter den erstaunten Odalisken, die ihn für den Gott Mahomet hielten, sich göttlich ergötzt. Auch trägt er ihn nach Rom und hier direkt in den Vatikan, wo Faust, unsichtbar allen Augen, dem Papste seine besten Gerichte und Getränke vor der Nase wegstibitzt und sich selber zu Gemüte führt; manchmal lacht er laut auf, so daß der Papst, der sich im Zimmer allein glaubte, innerlich erschrak. Eine Animosität gegen Papsttum und katholische Kirche überhaupt tritt überall grell hervor in der Faustsage. In dieser Beziehung ist es auch charakteristisch, daß Faust, nach den ersten Beschwörungen, dem Mephistopheles ausdrücklich befiehlt, ihm hinfüro, wenn er ihn rufe, in der Kutte eines Franziskaners zu erscheinen. In dieser Mönchstracht zeigen ihn uns die alten Volksbücher (nicht die Puppenspiele), zumal, wenn er mit Faust über Religionsthemata disputiert. Hier weht der Atem der Reformationszeit.

Mephistopheles hat nicht bloß keine wirkliche Gestalt, sondern er ist auch unter keiner bestimmten Gestalt populär geworden, wie andere Helden der Volksbücher, z. B. wie Till Eulenspiegel, dieses personifizierte Gelächter in der derben Figur eines deutschen Handwerksburschen, oder gar wie der ewige Jude mit dem langen achtzehnhundertjährigen Barte, dessen weiße Haare an der Spitze wie verjüngt wieder schwarz geworden. Mephistopheles hat auch in den Büchern der Magie keine determinierte Bildung wie andere Geister, wie z. B. Aziabel, der immer als ein kleines Kind erscheint, oder wie der Teufel Marbuel, der sich ausdrücklich in der Gestalt eines zehnjährigen Knaben präsentiert.

Ich kann nicht umhin, hier die Bemerkung einfließen zu lassen, daß ich es ganz dem Belieben Ihres Maschinisten überlasse, ob er den Faust nebst seinen höllischen Gesellen auf zwei Pferden oder beide in einen großen Zaubermantel gehüllt, durch die Lüfte reisen lassen will. Der Zaubermantel ist volkstümlicher.

Die Hexen, die zum Sabbat fahren, müssen wir jedoch reiten lassen, gleichviel auf welchem Haushaltungsgeräte oder Untier. Die deutsche Hexe bedient sich gewöhnlich des Besenstiels, den sie mit derselben Zaubersalbe bestreicht, womit sie auch ihren eigenen nackten Leib vorher eingerieben hat. Kommt ihr höllischer Galan etwa in Person sie abzuholen, so sitzt er vorne und sie hinter ihm bei der Luftfahrt. Die französischen Hexen sagen: »Emen-Hetan, Emen-Hetan!« während sie sich einsalben. »Oben hinaus und nirgends an!« ist der Spruch der deutschen Besenreuterinnen, wenn sie zum Schornstein hinausfliegen. Sie wissen es so einzurichten, daß sie sich in den Lüften begegnen, und rottenweis zum Sabbat anlangen. Da die Hexen, ebenso wie die Feen, das christliche Glockengeläute aus tiefstem Herzen hassen, so pflegen sie auch wohl auf ihrem Fluge, wenn sie einem Kirchturm vorbeikommen, die Glocke mitzunehmen und dann in irgendeinen Sumpf hinabzuwerfen, mit fürchterlichem Gelächter. Auch diese Anklage kommt vor in den Hexenprozessen, und das französische Sprüchwort sagt mit Recht, daß man nur gleich die Flucht ergreifen solle, wenn man angeklagt sei, eine Glocke vom Kirchturm Notre-Dame gestohlen zu haben.

Über den Schauplatz ihrer Versammlung, den die Hexen ihren Konvent, auch ihren Reichstag nennen, herrschen im Volksglauben sehr abweichende Ansichten. Doch nach übereinstimmenden Aussagen sehr vieler Hexen, die auf der Folter gewiß die Wahrheit bekannt, sowie auch nach den Autoritäten eines Remigius, eines Godelmanus, eines Wierus, eines Bodinus, und gar eines de Lancre, habe ich mich für eine mit Bäumen umpflanzte Bergkoppe entschieden, wie ich solches im dritten Akte meines Ballettes vorgezeichnet. In Deutschland soll der Hexenkonvent gewöhnlich auf dem Blocksberge, welcher den Mittelpunkt des Harzgebirges bildet, stattgefunden haben oder noch stattfinden. Aber es sind nicht bloß deutsche Nationalhexen, welche sich dort versammeln, sondern auch viele ausländische, und nicht bloß lebende, sondern auch längst verstorbene Sünderinnen, die im Grabe keine Ruhe haben und wie die Willis auch nach dem Tode von üppiger Tanzlust gepeinigt werden. Deshalb sehen wir beim Sabbat eine Mischung von Trachten aus allen Ländern und Zeitaltern. Vornehme Damen erscheinen meistens verlarvt, um ganz ungeniert zu sein. Die Hexenmeister, die in großer Menge sich hier einfinden, sind oft Leute, die im gewöhnlichen Leben den ehrbarsten, christlichsten Wandel erheucheln. Was die Teufel anbelangt, die als Liebhaber der Hexen fungieren, so sind sie von sehr verschiedenem Range, so daß eine alte Köchin oder Kuhmagd sich mit einem sehr untergeordneten armen Teufel begnügen muß, während vornehmere Patrizierfrauen und große Damen auch standesgemäß sich mit sehr gebildeten und feingeschwänzten Teufeln, mit den galantesten Junkern der Hölle, erlustigen können. Letztere tragen gewöhnlich die altspanisch-burgundische Hoftracht, doch entweder von ganz schwarzer oder gar zu schreiend heller Farbe, und auf ihrem Barette schwankt die unerläßliche blutrote Hahnenfeder. So wohlgestaltet und schön gekleidet diese Kavaliere beim ersten Anblick erscheinen, so ist es doch auffallend, daß ihnen immer ein gewisses »finished« fehlt, und sich bei näherer Betrachtung in ihrem ganzen Wesen eine Disharmonie verrät, welche Auge und Ohr beleidigt: sie sind entweder etwas zu mager oder etwas zu korpulent, ihr Gesicht ist entweder zu blaß oder zu rot, die Nase zu kurz oder ein bißchen zu lang, und dabei kommen manchmal Finger wie Vogelkrallen, wo nicht gar ein Pferdefuß, zum Vorschein. Nach Schwefel riechen sie nicht, wie die Liebhaber der armen Volksweiber, die sich, wie gesagt, mit allerlei ordinären Kobolden, mit Ofenheizern der Hölle, abgeben müssen. Aber gemein ist allen Teufeln eine fatale Infirmität, worüber die

Hexen jedes Ranges in den gerichtlichen Verhandlungen Klage führten, nämlich die Eiskälte ihrer Umarmungen und Liebesergüsse.

Luzifer, von Gottes Ungnaden König der Finsternis, präsidiert dem Hexenkonvente in Gestalt eines schwarzen Bocks mit einem schwarzen Menschengesichte und einem Lichte zwischen den zwei Hörnern. Inmitten des Schauplatzes der Versammlung steht Seine Majestät auf einem hohen Postamente, oder einem steinernen Tische, und sieht sehr ernsthaft und melancholisch aus, wie einer, der sich schmählich ennuyiert. Ihm, dem Oberherrn, huldigen alle versammelten Hexen, Zauberer, Teufel und sonstige Vasallen, indem sie mit brennenden Kerzen in der Hand, paarweise vor ihm das Knie beugen und nachher andächtig sein Hinterteil küssen. Auch dieses Homagium scheint ihn wenig zu erheitern, und er bleibt melancholisch und ernsthaft, während jubelnd die ganze vermischte Gesellschaft um ihn herumtanzt. Diese Ronde ist nun jener berühmte Hexentanz, dessen charakteristische Eigentümlichkeit darin besteht, daß die Tänzer ihre Gesichter alle nach außen kehren, so daß sie sich einander nur den Rücken zeigen und keiner des andern Antlitz schaut. Dies ist gewiß eine Vorsichtsmaßregel und geschieht, damit die Hexen, die später gerichtlich eingezogen werden möchten, bei der peinlichen Frage nicht so leicht die Gefährtinnen angeben können, mit welchen sie den Sabbat begangen. Aus Furcht vor solcher Angeberei besuchen vornehme Damen den Ball mit verlarvtem Gesichte. Viele tanzen im bloßen Hemde, viele entäußern sich auch dieses Gewandes. Manche verschränken im Tanzen ihre Hände, einen Kreis mit den Armen bildend, oder sie strecken einen Arm weit aus; manche schwingen ihren Besenstiel und jauchzen: »Har! Har! Sabbat! Sabbat!« Es ist ein böses Vorzeichen, wenn man während des Tanzes zur Erde fällt. Verliert die Hexe gar im Tanztumult einen Schuh, so bedeutet dieser Umstand, daß sie noch in demselben Jahre den Scheiterhaufen besteigen müsse.

Die Musikanten, welche zum Tanze aufspielen, sind entweder höllische Geister in fabelhafter Fratzenbildung oder vagabundierende Virtuosen, die von der Landstraße aufgegriffen worden. Am liebsten nimmt man dazu Fiedler oder Flötenspieler, welche blind sind, damit sie nicht vor Entsetzen im Musizieren gestört werden, wenn sie die Greuel der Sabbatfeier sähen. Zu diesen Greueln gehört namentlich die Aufnahme neuer Hexen in den schwarzen Bund, wo die Novize eingeweiht wird in die grausenhaftesten Mysterien. Sie wird gleichsam offiziell mit der Hölle vermählt, und der Teufel, ihr finsterer Gatte, gibt ihr bei dieser Gelegenheit auch einen neuen Namen, einen nom d'amour, und brennt ihr ein geheimes Merkmal ein, als ein Andenken seiner Zärtlichkeit. Besagtes Merkmal ist so verborgen, daß der Untersuchungsrichter bei den Hexenprozessen oft seine liebe Not hatte, dasselbe aufzufinden und deshalb der Inquisitin von der Hand des Büttels alle Haare vom Leibe abschneiden ließ.

Der Fürst der Hölle besitzt aber unter den Hexen der Versammlung noch eine Auserwählte, welche den Titel Oberste Braut »Archisposa« führt und gleichsam seine Leibmätresse ist. Ihr Ballkostüm ist sehr einfach, mehr als einfach, denn es besteht aus einem einzigen goldenen Schuh, weshalb sie auch die Domina mit dem güldenen Schuh genannt wird. Sie ist ein schönes, großes, beinahe kolossales Weib, denn der Teufel ist nicht bloß ein Kenner schöner Formen, ein Artist, sondern auch ein Liebhaber von Fleisch und er denkt, je mehr Fleisch, desto größer die Sünde. Ja, in seinem Raffinement der Frevelhaftigkeit sucht er die Sünde noch dadurch zu steigern, daß er nie eine unverheiratete Person, sondern immer eine Vermählte zu seiner Oberbraut wählt, den Ehebruch kumulierend mit der einfachen Unzucht. Auch eine gute Tänzerin muß sie sein, und bei einer außerordentlichen Sabbatfeier sah man wohl den erlauchten Bock von seinem Postamente herabsteigen und höchstselbst, mit seiner nackten Schönen, einen sonderbaren Tanz aufführen, den ich nicht beschreiben will, »aus hochbedenklichen christlichen Ursachen«, wie der alte Widman sagen würde. Nur soviel darf ich andeuten, daß es ein alter Nationaltanz Sodomas ist, dessen Traditionen, nachdem diese Stadt unterging, von den Töchtern Lots gerettet wurden und sich bis auf heutigen Tag erhalten haben, wie ich denn selber jenen Tanz sehr oft tanzen sah zu Paris, rue Saint-Honoré No. 359, neben der Kirche der heiligen Assomption. Erwägt man nun, daß es auf dem Tanzplatz der Hexen keine bewaffnete Moral gibt, die in der Uniform von Munizipalgardisten die bacchantische Lust zu hemmen weiß, so läßt sich leicht erraten, welche Bocksprünge bei oberwähntem Pas-de-deux zum Vorschein kommen mochten.

Nach manchen Aussagen pflegt auch der große Bock und seine Oberbraut dem Bankette zu präsidieren, welches nach dem Tanze gehalten wird. Das Tafelgeschirr und die Speisen bei jenem Gastmahl sind von außerordentlicher Kostbarkeit und Köstlichkeit; doch wer etwas davon einsteckt, findet den andern Tag, daß der goldne Becher nur ein irdenes Töpfchen und der schöne Kuchen nur ein Mistfladen war. Charakteristisch bei dem Mahle ist der gänzliche Mangel an Salz. Die Lieder, welche die Gäste singen, sind eitel Gotteslästerungen und sie plärren sie nach der Melodie frommer Kantiken. Die ehrwürdigsten Zeremonien der Religion werden dann durch schändliche Possenreißerei nachgeäfft. So wird z. B. unsere heilige Taufe verhöhnt, indem man Kröten, Igel oder Ratten tauft, ganz nach dem Ritus der Kirche, und während dieser scheußlichen Handlung gebärden sich Pate und Patin wie devote Christen und schneiden die scheinheiligsten Gesichter. Das Weihwasser, womit sie jene Taufe verrichten, ist eine sehr frevelhafte Flüssigkeit, nämlich der Urin des Teufels. Auch das Zeichen des Kreuzes machen die Hexen, aber ganz verkehrt und mit der linken Hand; die von der romanischen Zunge sprechen dabei die Worte: »In nomine patrica aragueaco petrica, agora, agora, valentia, jouando goure gaits goustia«, welches soviel heißt wie: »Im Namen des Patrike, des Petrike, von Aragonien, zu dieser Stunde, zu dieser Stunde, Valencia, all unser Elend ist vorbei!« Zur Verhöhnung der göttlichen Lehre von der Liebe und Vergebung erhebt der höllische Bock zuletzt seine furchtbarste Donnerstimme und ruft: »Rächt euch, rächt euch, sonst müßt ihr sterben!« Dieses sind die sakramentalen Worte, womit er den Hexenkonvent aufhebt, und um den erhabensten Akt der Passion zu parodieren, will auch der Antichrist sich selbst zum Opfer bringen, aber nicht zum Heil, sondern zum Unheil der Menschheit: der Bock verbrennt sich endlich selbst, er lodert auf mit großem Flammengeprassel, und von seiner Asche sucht jede Hexe eine Handvoll zu erhaschen, um sie zu spätern Malefizien zu gebrauchen. Der Ball und der Schmaus sind alsdann zu Ende, der Hahn kräht, die Damen fangen an sehr zu frieren, und wie sie gekommen, so fahren sie von dannen, aber noch schneller, und manche Frau Hexe legt sich wieder zu Bette zu ihrem schnarchenden Gemahle, der es nicht bemerkt hatte, daß nur ein Scheit Holz, welches die Gestalt seiner Ehehälfte angenommen, in ihrer Abwesenheit an seiner Seite lag.

Auch ich will mich jetzt zu Bette begeben, denn ich habe, teurer Freund, bis tief in die Nacht hinein geschrieben, um die Notizen zusammenzustellen, die Sie aufgezeichnet zu sehen wünschten. Ich habe weniger dabei an einen Theaterdirektor gedacht, der mein Ballett auf die Bühne bringen soll, als vielmehr an den Gentleman von hoher Bildung, den alles interessiert, was Kunst und Gedanken ist. Ja, mein Freund, Sie verstehen den flüchtigsten Wink des Dichters, und jedes Wort von Ihnen ist wieder befruchtend für diesen. Es ist mir unbegreiflich, wie Sie, der erprobt praktische Geschäftsmann, doch zugleich mit jenem außerordentlichen Sinn für das Schöne begabt sein konnten, und noch mehr erstaune ich darüber, wie Sie unter allen Tribulationen Ihrer Berufstätigkeit sich so viel Liebe und Begeisterung für Poesie zu erhalten wußten!

Über tredition

Eigenes Buch veröffentlichen

tredition wurde 2006 in Hamburg gegründet und hat seither mehrere tausend Buchtitel veröffentlicht. Autoren veröffentlichen in wenigen leichten Schritten gedruckte Bücher, e-Books und audio-Books. tredition hat das Ziel, die beste und fairste Veröffentlichungsmöglichkeit für Autoren zu bieten.

tredition wurde mit der Erkenntnis gegründet, dass nur etwa jedes 200. bei Verlagen eingereichte Manuskript veröffentlicht wird. Dabei hat jedes Buch seinen Markt, also seine Leser. tredition sorgt dafür, dass für jedes Buch die Leserschaft auch erreicht wird.

Im einzigartigen Literatur-Netzwerk von tredition bieten zahlreiche Literatur-Partner (das sind Lektoren, Übersetzer, Hörbuchsprecher und Illustratoren) ihre Dienstleistung an, um Manuskripte zu verbessern oder die Vielfalt zu erhöhen. Autoren vereinbaren direkt mit den Literatur-Partnern die Konditionen ihrer Zusammenarbeit und partizipieren gemeinsam am Erfolg des Buches.

Das gesamte Verlagsprogramm von tredition ist bei allen stationären Buchhandlungen und Online-Buchhändlern wie z. B. Amazon erhältlich. e-Books stehen bei den führenden Online-Portalen (z. B. iBookstore von Apple oder Kindle von Amazon) zum Verkauf.

Einfach leicht ein Buch veröffentlichen: **www.tredition.de**

Eigene Buchreihe oder eigenen Verlag gründen

Seit 2009 bietet tredition sein Verlagskonzept auch als sogenanntes "White-Label" an. Das bedeutet, dass andere Unternehmen, Institutionen und Personen risikofrei und unkompliziert selbst zum Herausgeber von Büchern und Buchreihen unter eigener Marke werden können. tredition übernimmt dabei das komplette Herstellungs- und Distributionsrisiko.

Zahlreiche Zeitschriften-, Zeitungs- und Buchverlage, Universitäten, Forschungseinrichtungen u.v.m. nutzen diese Dienstleistung von tredition, um unter eigener Marke ohne Risiko Bücher zu verlegen.

Alle Informationen im Internet: **www.tredition.de/fuer-verlage**

tredition wurde mit mehreren Innovationspreisen ausgezeichnet, u. a. mit dem Webfuture Award und dem Innovationspreis der Buch Digitale.

tredition ist Mitglied im Börsenverein des Deutschen Buchhandels.

Dieses Werk elektronisch lesen

Dieses Werk ist Teil der Gutenberg-DE Edition DVD. Diese enthält das komplette Archiv des Projekt Gutenberg-DE. Die DVD ist im Internet erhältlich auf **http://gutenbergshop.abc.de**